# LAS PRECIOSAS RIDÍCULAS

## LAS MUJERES SABIAS

LETRAS UNIVERSALES

MOLIÈRE

# Las preciosas ridículas
# Las mujeres sabias

Edición de Mauro Armiño

Traducción de Mauro Armiño

CUARTA EDICIÓN

CÁTEDRA
LETRAS UNIVERSALES

Título original de las obras:
*Les précieuses ridicules*
*Les femmes savantes*

1.ª edición, 1995
4.ª edición, 2008

Diseño de cubierta: Diego Lara

Ilustración de cubierta:

*Las mujeres sabias,* acto III: Trissotin lee
sus versos. Tela de R. Leslie

© De la introducción, traducción y notas: Mauro Armiño
Ediciones Cátedra (Grupo Anaya, S. A.), 1995, 2008
Juan Ignacio Luca de Tena, 15. 28027 Madrid
Depósito legal: M. 35.986-2008
ISBN: 978-84-376-1351-2
*Printed in Spain*
Impreso en Anzos, S. L.
Fuenlabrada (Madrid)

# INTRODUCCIÓN

*J.B.P. de Moliere*

Retrato de Molière. Grabado anónimo

TRECE años separan la pieza con que Jean-Baptiste Poquelin, Molière, se presenta en París, a su regreso a la ciudad de la que catorce años antes había tenido que huir para evitar la cárcel y los acreedores del Illustre Théâtre, de la anteúltima que estrenaría, justamente un año antes de su muerte. Trece años después de *Las preciosas ridículas,* Molière vuelve en *Las mujeres sabias* al mundo de pedantes mujeres a las que embauca el primer charlatán recién venido, utilizando el mismo tono farsesco y cómico. Sin embargo, precisamente en el centro de ese período —1664-1669—, Molière había desatado la batalla más feroz que recuerda la historia literaria francesa en defensa de una obra, con maniobras a favor y en contra del cómico por parte de los más altos poderes de la sociedad francesa, incluido el rey Luis XIV; había escrito además todo un ciclo contra el vicio que asolaba, según el comediógrafo, la vida social del momento: el ciclo contra la hipocresía, iniciado con la batalla de *El Tartufo o el Impostor,* llevado hasta la blasfemia con *Don Juan,* y suavizado hasta la ambigüedad en *El misántropo*[1].

Mientras, a su alrededor reverdece sus amenazadores lauros la querella sobre la moralidad del teatro: arrastrada desde el Renacimiento, surgía una y otra vez, sobre todo cuando los poderes —Iglesia, instituciones o

---

[1] Al final de este prólogo figura un amplio cuadro cronológico de la vida de Molière, seguido de la pertinente bibliografía.

personajes poderosos del Estado— se sentían aludidos e intuían alguna burla de dardo personal. Es precisamente en 1666 —hacía dos años que *El Tartufo* había sido prohibido y aún seguía en capilla, hacía uno que el propio Molière había retirado de escena, tras quince representaciones solamente, el *Don Juan,* que ni siquiera quiso imprimir nunca y del que nunca más volvió a hablar pese al denuedo demostrado en defensa de su anterior pieza prohibida— cuando rebrota la querella, en las plumas del abate d'Aubignac y del recientemente fallecido príncipe de Conti —implicado en la prohibición del *Tartufo* a través de la Compañía del Santo Sacramento, retratado tal vez en *Don Juan.* Sólo el favor y las presiones de Luis XIV conseguirán, pero no antes de 1669 —es decir, cinco años después de que fuera estrenado ante la corte y ante el monarca—, que *El Tartufo* suba definitiva y libremente a escena, si bien que expurgado, como el propio autor confiesa en su prefacio, para no ofender a miembros de instituciones como la citada Compañía del Santo Sacramento. De *Don Juan,* parece que el propio monarca aconsejó al cómico el olvido[2].

Que la victoria de Molière fue pírrica parece demostrarlo el catálogo de sus títulos a partir de ese año de 1666, fecha de estreno de *El misántropo:* obras menores con música o ballet para divertimento cortesano, algún título de más amplio vuelo que reescribe tramas de Plauto (desde *Amphytrion* a *El avaro),* y, sobre todo, una vuelta sobre sí mismo, hacia su propia obra de la primera época, aunque ahora ahonde en el carácter farsesco y en la burla de los motivos primeros: su objetivo no es ya la sociedad "política" sino la sociedad "social", el mundo de la burguesía que, en su afán por aparentar nobleza, remeda los hábitos aristocráticos con gestos

---

[2] Puede verse el amplio desarrollo sobre la "batalla del *Tartufo*" en mi prólogo a *El Tartufo o el Impostor,* Madrid, Espasa-Calpe, colección Austral, 1994.

simiescos; de ahí la crueldad de los rasgos con que los pinta, aunque siempre desde el ámbito de la comedia o de la farsa.

Hacía un año apenas que Molière y su *troupe* de once comediantes se habían instalado en París, después de vagar durante una década, todavía llena de sombras para los molieristas, por las provincias del oeste de Francia, el Languedoc y el valle del Ródano, en su carromato de feriantes. Como autor, en ese año de 1658 había presentado cuatro piezas, dos de ellas en un acto, que volvió a estrenar como novedades en el teatro del Marais, subarrendado por la compañía en julio: tras conseguir el patrocinio de Monsieur, hermano único del rey, obtuvo de Luis XIV la concesión, compartida con los cómicos Italianos, de la sala del Petit-Bourbon, en el centro de París. Debía ese privilegio a la escenificación en el Louvre, el 24 de octubre, delante del monarca y de la corte, de la tragedia de Corneille *Nicomède,* y de una breve farsa propia, *Le Docteur amoureux;* pero no parece que fueran, según sus contemporáneos, las dotes trágicas de la *troupe* las que le ganaron el prestigio: *Rodoguna, Cinna, Pompeyo* y tragedias de estirpe semejante no habían recaudado gran cosa en taquilla, mientras otros cómicos hacían del género trágico especialidad y casi patrimonio propio.

Dos compañías rivales son las que en ese momento se reparten los escenarios parisinos. En primer lugar, la vieja "casa del Hôtel de Bourgogne" (el actual número 52 de la calle Étienne Marcel, en Les Halles); una compañía de cómicos había conseguido, en 1629, el arriendo a la Cofradía de la Pasión del edificio, para exhibición de espectáculos. Desde entonces, y hasta 1680 —fecha en que el Hôtel de Bourgogne suma su *troupe* a lo que quedaba de la de Molière para crear la Comédie Française—, la compañía, favorecida por el monarca con una subvención de 12.000 libras, ostenta el título de *"troupe* del rey". Desde un pasado farsesco y lúdico, sobre todo durante la dirección de Bellerose, el Hôtel de

Bourgogne y sus "Grands Comédiens", como se los denominaba, fueron orientándose hacia la gravedad hasta convertirse en la escena oficial por excelencia, abierta a los protegidos de Richelieu; y poco después, con los libretos de Corneille y Racine, bajo la nueva dirección del eximio actor del género grandilocuente, Floridor, el Hôtel se convierte en catedral de la tragedia, donde resuenan sin competencia posible los enfáticos alejandrinos pomposamente recitados por Floridor, Montfleury, Mlle. des Œillets, la Champmeslé —que se adjudicaba todas las grandes protagonistas de Racine—, la Du Parc, tránsfuga de la compañía de Molière, aunque sólo pudo interpretar el papel de Andrómaca antes de morir con sólo treinta y cinco años...

La compañía rival del Hôtel de Bourgogne también se inició en esos derroteros, aunque supo encontrar una variante escénica para lograr diferenciarse de forma nítida: los cómicos del teatro del Marais, fundado por Montdory, también habían llegado a París en 1629; fruto de la fusión de varias compañías de provincias, la nueva *troupe* se presentó con un éxito rotundo gracias a la primera pieza de Corneille, *Mélite*. Cinco años más tarde alquilaba de forma decidida el Jeu de Paume del Marais (en el actual número 80 de la calle Vieille-du-Temple), y obtenía una subvención real de 6.000 libras, junto con el consabido título de *"troupe* del rey". Pese a gozar de una estabilidad muy inferior a la de sus rivales del Bourgogne, Montdory consiguió, con sus interpretaciones de Corneille sobre todo, el sobrenombre de "gran trágico" hasta 1637, momento en que una apoplejía lo arroja para siempre de los escenarios. A la inestabilidad colaboraron, además, un incendio del teatro y de los decorados (1644), el abandono y fuga de sus miembros a la compañía rival: Floridor, por ejemplo, se pasó con armas y bagajes en 1647 al Hôtel, llevándose a su autor preferido, Corneille. Sin textos, sin grandes trágicos cuyo solo nombre sirviera de reclamo para el público, Laroque, al hacerse cargo del Marais en 1650 —y hasta 1673—, se ve

[12]

obligado a dar un golpe de timón: y aunque de vez en cuando los grandilocuentes alejandrinos continúen resonando en el viejo Jeu de Paume, y el rostro enharinado de Jodelet siga asomándose entre cajas para hacer farsa, Laroque dirige la programación y el trabajo hacia un teatro de aparato, con temas mitológicos y grandes máquinas que mueven por el aire los decorados más exóticos, al son de un arte musical que ya puede calificarse de operístico y que era resultado de la moda traída de Italia e impuesta por Mazarino y la aristocracia palaciega. Con los inicios del reinado del niño Luis XIV y el esplendor que el Rey Sol iba a dar a su corte en las primeras décadas del reinado, la vida del Marais estaba asegurada entre solemnes fiestas y joviales divertimentos.

Frente a esos dos géneros "nobles", Molière encuentra en 1658 una tercera compañía, un teatro distinto, de puro aire farsesco y comicidad desenfrenada: los Italianos. Fue Tiberio Fiorilli, más conocido por el nombre de su tipo escénico, Scaramouche, quien sentó sus reales en París en 1639. Tras el paréntesis de la Fronda, protegidos por Mazarino y favorecidos por el rey con 15.000 libras de renta (mucho más que a las otras dos compañías, sin contar las gratificaciones de que gozaron, a título personal, cómicos populares como el citado Scaramouche, Dominique Locatelli, llamado Trivelin, Dominique Biancolelli...), desarrollaron un trabajo escénico en lengua italiana, dotado de abundante mímica; sus piezas no respondían a libretos enteros, sino a los *canovacci* de la *commedia dell'arte*, un breve guión que rellenaba la capacidad para la improvisación característica de los actores de ese género. Era un teatro popular, que se fijaba para sus temas en la vida diaria y el entorno, exponiéndolos en un tono de burla y con unas muecas claras de irreverencia hacia lo establecido que iba a inducir por ese camino al reciente autor.

El modo en que Molière y su *troupe* interpretaban la tragedia no gustaba en París: resultaba demasiado natural y falto de la pomposidad requerida por los alejandrinos de los que luego serían los grandes clásicos franceses. Con un solo pie en París, Molière decide, para asentarse definitivamente, cambiar de orientación, buscar un género menos "ambicioso", según el rango erróneo dictado por la época para tragedias y comedias, y adaptar las posibilidades de la compañía al gusto de un público más amplio —y no sólo el de los salones palaciegos donde Corneille y Racine se habían ganado el suyo—, formado sobre todo por jóvenes estudiantes de derecho o medicina. En provincias habían sido también las farsas, los divertimentos y las comedias lo que les había ayudado a sobrevivir diez años de penosa vida errabunda.

Al pasar de la tragedia a la comedia, del alto coturno a la búsqueda de la risa rabelesiana, Molière da un giro copernicano a su *troupe,* aunque todavía durante algún tiempo siga mezclando sus comedias con textos ajenos de mayores vuelos; pero la búsqueda de la risa, entreverada con una mirada áspera sobre la condición humana, se convierte en objetivo primordial a partir de ese momento. Para ayudar a ese giro, en la Pascua de 1659 Molière contrata a un nombre de mucho cartel, el célebre farsante Jodelet, que le garantiza el aplauso popular; la segunda medida adoptada en esa dirección era lógica: Molière se sube al carro de la moda y, como autor, corta sus argumentos por el patrón de lo ya usado, probado y premiado con el éxito. Libretistas menores como Chapuzeau o Boisrobert venían exprimiendo sobre escena los sobados temas del teatro tradicional, que procedían del fondo remoto del mundo griego y romano, en especial de Plauto, envueltos en la actualidad, en el "aire del tiempo"; y lo hacían con singular fortuna: "Lo único que tengo que hacer es estudiar a Plauto y a Terencio; lo único que tengo que hacer es estudiar la moda", asegura Somaize que Molière se dijo a la hora de iniciar su carrera de comediógrafo.

*Las preciosas ridículas,* estrenada el 18 de noviem-

IODELET

Dans la farce & la comedie
Iodelet par sa raillerie
ses bons motz sa naifueté

Nous charme sy bien les oreilles
Au recit de tant de merueilles
Que chascun pense estre enchanté

Jodelet, según un grabado anónimo del siglo XVII

bre de 1659, será la pieza inaugural de esta etapa que iba a convertir a Jean-Baptiste Poquelin en Moliére; como autor, hacía tres años que había estrenado su cuarta y más reciente pieza, *Le Dépit amoureux,* que vuelve a presentar como nueva en París, al mismo tiempo que otra anterior, *L'Étourdi,* estrenada en 1655, y algún otro divertimento, como el citado *Le Docteur amoureux*[3], que le granjearon buenos éxitos. Que Molière eligiese para abrir su nueva etapa un espécimen social, el de la *preciosa,* que se había difundido por toda Francia con rapidez, sentaba unos presupuestos que habían de cumplirse en el resto de su obra: presentar en el marco social mismo del espectador tipos humanos reconocibles, que cargaban sobre sí el estigma de un defecto.

## EL PRECIOSISMO

Ni el tema ni el personaje eran nuevos. En última instancia, el tipo de *la preciosa* se remontaba a la Edad Media, a los trovadores de las cortes provenzales y árabes, donde el gusto por la elegancia, el ingenio y la sutileza de juicio habían convertido a la mujer, en el ámbito aristocrático exclusivamente, desde luego, en una persona con capacidades intelectuales similares a las de su oponente masculino —aunque su ejercicio se encaminara por otros derroteros. En la polémica que venía desencadenándose latían algunos problemas sociales profun-

---

[3] La paternidad de Molière sobre la pieza en un acto que, con ese título, se ha publicado a su nombre recientemente, no está demostrada; es más, de ese texto sólo serían originales tres breves escenas que enlazan las once escenas de *La Desniaisée,* pieza de Gillet de la Tessonnerie. No se ha encontrado ningún texto de un *Docteur amoureux* debido a Molière, aunque se da por cierto el dato de que escribió con ese título una farsa, vista y apreciada por Boileau en su juventud.

dos que el teatro —y la novela— había planteado y plantearía todavía de forma decidida unas veces, centrándose en la tutela de las mujeres por los varones, sean éstos padres o maridos, y otras demostrándola de pasada: son miles las quejas con que las doncellas del teatro barroco francés, español o inglés muestran su aflicción cuando son entregadas en matrimonio a un hombre, generalmente acaudalado y viejo, al que no aman, pero que ha pactado la boda con los padres. Ante esta situación de hecho, el problema teórico debatido desde la Edad Media estaba en saber si eran equiparables las inteligencias de la mujer y del hombre. Ambas posturas, a favor y en contra de la igualdad de los sexos, se lanzaban al rostro, en defensa de sus facciones contrarias, ideas de Platón y de la Biblia, hacían arrebatados homenajes y denuestos en forma de libros, algunos en verso, con nombres de heroínas famosas, desde Blanca de Castilla a Juana de Arco, y de sus figuras más funestas, sobre todo la tentadora Eva. Y no eran indoctos cortesanos ni iletrados los que así disputaban a favor y en contra de la igualdad entre ambos sexos. Montaigne, por ejemplo, intervino en la brega y en más de un pasaje parece estar haciendo el esbozo de dos figuras de *Las mujeres sabias,* de Armanda y Belisa; como cuando escribe: "En toda clase de conversación [...], ellas se sirven de una forma de hablar y de escribir nueva y sabia, y citan a Platón y a Santo Tomás en cosas para las que les hubiera servido de testigo el primer recién venido. La doctrina que no les ha podido llegar al alma se les ha quedado en la lengua" *(Ensayos,* III, 3).

Pero, con independencia de la perspectiva femenina, el preciosismo al que conduce esa lenta tendencia social que nace en el siglo XVI y progresa rápidamente pasado el primer cuarto del siglo siguiente, tenía un correlato en otros puntos de Europa; correlato de envergadura más amplia, aunque exclusivamente literaria; fue la poesía su punto de referencia más explícito, en Inglaterra con el eufuísmo, derivado del nombre del protagonista de la novela de Lily (1579); en España, con el gongorismo, y en Italia con el marinismo, que arranca del poeta Marino, muerto en 1625.

Pero, si estos movimientos poéticos ejercieron alguna influencia en el conjunto de sus sociedades respectivas, fue mínima; en cambio, en Francia el preciosismo, más que arte literario, resulta hecho social, moral incluso, que dejó obras más dignas de recuerdo cuando atacaban y se burlaban del movimiento precioso que cuando querían reflejar ese mundo.

El término *précieuse*, en sus empleos franceses más antiguos, señala sin posibilidad de error a las intrigas de la coquetería femenina; por ejemplo, en *Le voyage de Charlemagne*, canción de gesta del siglo XII; o en Eustache Deschamps, quien acusa a una dama demasiado prudente, que rechazaba sus avances, de intentar "hacer la preciosa para impedir toda ley amorosa". Pero, en Charles d'Orléans, príncipe de la rama de los Valois, puede observarse un matiz distinto: este poeta aristocrático e interior (1391-1465), cuyo hijo habría de subir al trono de Francia con el título de Luis XII, ya opone las *dangereuses* —las coquetas— a las *précieuses* —las mojigatas.

Pero no es hasta mediados del siglo XVII, y con posterioridad al establecimiento de los *salones* en la vida social francesa, cuando el término *précieuse* se difunde y merece el calificativo de "palabra de la época, palabra de moda", como escribe el abate De Pure, autor de *La Prétieuse ou le Mystère des ruelles,* obra en cuatro volúmenes que aparecieron de forma escalonada entre 1656 y 1658. De Pure dejaba constancia así de un hábito colectivo que había inundado un espacio claramente delimitado en las costumbres antes de 1670, fecha en que el término *salon* (derivado del italiano *salone)* se introduce en la lengua francesa: ese espacio era el *cabinet,* el gabinete, un cuarto de recibir dotado de *alcôve* y de *ruelle,* donde, bajo el amparo y dirección de la dueña de la casa, se reunían diversas personalidades y amigos para departir tranquilamente, aunque la charla diera lugar en ocasiones al barullo[4].

La aristocracia francesa conocía las delicias del gabinete desde la etapa de los Valois. Tras el reinado del primer monarca Borbón, Enrique IV, que, aficionado a la caza, apenas se interesaba por los "placeres del espíritu", éstos revivieron en los gabinetes de los más encumbrados apellidos —desde Mme. de Loges hasta los Condé, o los Créqui—, y terminaron gozando de carta de naturaleza en el salón de Mme. de Rambouillet; si éste no fue, cronológicamente, el primero, fue el que más tiempo duró y el que acertó a reunir a las personalidades más selectas de la vida pública francesa. Fue Mme. de Rambouillet, Catherine de Vivonne, nacida en Roma en 1588 pero francesa desde los seis años, la que "diseñó" el salón. Cuando su precaria salud la obligó a retirarse de la corte de Enrique IV, deseosa de seguir participando de la vida social, se hizo construir un palacete en la calle Saint-Thomas du Louvre destinado exclusivamente a los goces de la vida mundana. Ella fue quien tomó de los españoles la invención *du alcôve* [en francés, masculino formado a partir del término castellano "alcoba"], que le permitía huir de sus dos enemigos más temidos: el frío y el calor al mismo tiempo. Por ese salón pasó, a lo largo de más de 40 años, hasta que se cierra a la muerte de Mme. de Rambouillet (1665), "todo Francia": desde Condé a la princesa de Conti, Mlle. de Bourbon, Richelieu, los Guisa, Mmes. de La Fayette y de Sevigné, los duques d'Enghien y de La Rochefoucauld; en su *chambre bleu* leyeron sus obras Corneille (el *Poliuto)* y demás ingenios menores de la época, aunque eran sobre todo estos menores los que la controlaban: Ménage, Cotin, Chapelain, Benserade, Segrais, Talle-

---

[4] Una carta de Chapelain (18 de febrero de 1638) califica de alboroto y batahola la "academia" que todos los miércoles, a partir de 1630, se celebraba en el palacio de la vizcondesa d'Auchy.

mant des Réaux, Vaugelas, Scarron, el joven Bossuet...

En las discusiones que ocupaban a los reunidos en los salones de esa época había más sentido común que pedantería, según le escribe Chapelain a Guez de Balzac (1638): "No se habla sabiamente, pero sí razonablemente, y no hay lugar en el mundo donde haya más sentido común y menos pedantería." Entretenimientos sociales, charlas, debates sobre temas como "¿Es compatible el matrimonio con el amor?", y lecturas, sobre todo de la novela sentimental en la que había abrevado la juventud de muchos de los presentes, *L'Astree,* de Honoré d'Urfé.

Mme. de Rambouillet no tardó en convertirse en el eje de la vida social parisina, y pronto pasaron a ser, tanto su salón como su persona, materia de novelistas y poetas; Malherbe ideó para ella el nombre de guerra lírico de Arthénice (anagrama de Catherine); y Mlle. de Scudéry dejó, en *Le Grand Cyrus,* no sólo su retrato, sino también el de su hija Julie (nacida en 1607), que al cumplir los 18 años inició su carrera de "alcobista" en el salón materno, hasta su matrimonio en 1645 con el duque de Montauzier.

Es entre 1628, año en que muere el poeta Malherbe, y 1648, fecha en que fallece Voiture, cuando se produce el período de mayor esplendor del salón Rambouillet; reina en él, sobre todo, ese versificador a quien el paso del tiempo ha dejado en una nota a pie de página en las historias de la literatura francesa: Voiture (1597-1648), según las crónicas, amaba la Belleza por encima de todo: se convertía en oro cuanto este hijo de un vinatero de Amiens tocaba y se volvía diamante cuanto pasaba por su cabeza. Pero se recuerda más el nombre de Voiture por su participación en juegos y modas literarias que por títulos de obras que el tiempo haya respetado; por ejemplo, por sus desafíos a escribir sonetos, por su intervención, en la querella de los *car*[5], a favor de esta

---

[5] Decretaron los círculos cultos que esta conjunción quedaba des-

conjunción, y en todas las modas de formas y estilos a que tan proclive fue el período, desde las cartas en antiguo francés a acertijos, enigmas en verso, etc.

A mediados de 1650, el preciosismo literario, con sus juegos y justas poéticas, inundaba ya los salones, y el término *precioso* empezaba a trascender el reducido círculo aristocrático de literatos oportunistas que se extenuaban persiguiendo el más difícil todavía, nobles que buscaban la vida mundana, y damas que entretenían su aburrimiento en el remedo de unas cortes provenzales según la idea que de ellas habían difundido los relatos de amor cortés. En 1654, cuando Madeleine de Scudéry (1607-1701) empieza a dictar las normas de este nuevo modo de vida desde los sábados de su salón, inaugurados en 1651, el abate d'Aubignac define y distingue en su *Relation véritable du royaume de Coquetterie* la coqueta de la preciosa. Y en su *Dictionnaire* (1661), Somaize[6], enemigo de Molière, como veremos, y paladín de las preciosas, indica que se habla de este espécimen social "desde hace 6 ó 7 años". Aunque la primera mención atestiguada de la existencia del término y de la nueva moda social figura en una carta del noble Renaud de Sévigné, quien, cinco años antes del estreno de la

---

terrada del idioma "fino" francés, y un novelista como Gomberville se jactaba de no haberla empleado una sola vez en los cinco volúmenes de su novela *Polexandre* (1632-1637); sus críticos descubrieron, sin embargo, que la había utilizado en tres pasajes.

[6] Antoine Baudeau de Somaize (segunda mitad del siglo XVII), uno de esos "pedigüeños que, por estar impresos y encuadernados en piel de vaca, ya son personas importantes del Estado" *(Las mujeres sabias,* IV, iii), mereció en *Le songe du rêveur,* anónimo, pero de un amigo de Molière, en 1660, los calificativos de "pedigüeño, ladrón del Parnaso, cuervo". No fue *Las preciosas* el único libro que "rehizo". Además de los títulos citados más adelante, Somaize escribió con posterioridad al momento de *Las preciosas ridículas,* una nueva comedia, *Le procès des Précieuses.* De todo ello, en la actualidad sólo poseen interés sus diccionarios, muy útiles para la historia del movimiento preciosista, aunque el término "preciosa" designa en sus obras a toda mujer de mundo cultivada.

pieza de Molière, escribe a la duquesa de Saboya: "Hay una especie de doncellas y de mujeres casadas en París a las que se llama Preciosas, que tienen una jerga y movimientos con un contoneo maravilloso: se ha hecho un mapa para navegar por su país."

Había pasado de los cuarenta cuando Madeleine de Scudéry acondicionó una sala en su palacete de la calle de Beauce para convertirlo en centro de la "nueva vida" social, aprovechando la etapa de declive por el que se derrumbaba el salón Rambouillet a raíz de la muerte de su mentor espiritual Voiture. Por casa de Mlle. de Scudéry pasaron algunos miembros de la nobleza —cuyos nombres, además, no eran tan fulgurantes como los del salón Rambouillet—; de sus sábados se adueñaron los representantes de la burguesía, que jugaban en su salón a trasladarse a otra realidad, aquella que habían creado los 10 volúmenes de la novela-río de la dueña de la casa, *Le Grand Cyrus,* donde los habituales de sus reuniones aparecían con los correspondientes nombres teñidos de antigüedad clásica (Poliandro, Doralisa, Trásilo); a ese modelo narrado no tardó en seguirle el manual de modernidad por excelencia, salido del mismo magín desaforado de Mlle. de Scudéry: *Clélie,* novela de 7.136 páginas que aparecieron en varios volúmenes entre 1654 y 1660; en provincias, esas páginas no fueron sólo leídas, sino estudiadas a fondo, para enterarse de lo que "se hacía" en París.

Mlle. Scudéry y su salón suponían un paso adelante en dos direcciones: por un lado, llevaban hasta el ridículo el refinamiento del lenguaje y de la cortesía, y convertían en juegos frívolos de galantería fácil y de poesía huera las tendencias que Mme. de Rambouillet había inaugurado —y contenido gracias a un alto nivel de exigencia— con su salón. Por otro, afirmaban, prosiguiendo la vieja querella de las mujeres, la capacidad del sexo femenino para el ejercicio de la mente. En su novela *Le Grand Cyrus,* por ejemplo, Mlle. de Scudéry se indigna contra la idea dominante de que la mujer es necia por

Madeleine de Scudéry, grabado del siglo XVII

naturaleza: "Vista la forma en que hay damas que pasan su vida, se diría que se les ha prohibido tener razón y sentido común y que sólo están en el mundo para dormir, para quedarse embarazadas, para ser hermosas y para no decir otra cosa que tonterías."

Pretendían asimismo dictar el tono del buen gusto literario y se lanzaron a la escritura y todas soñaron, como *Las sabias,* en volverse "autores". En la valoración y catalogación que en los salones las preciosas hacían de los integrantes del Parnaso aparecieron exaltados hasta las nubes aburridos versificadores sin talento, pero hábiles mundanos y expertos en relaciones sociales.

Cierto que lo más visible eran los excesos de su culto al amor y de su necio refinamiento literario, presidido por la frivolidad y el divertimento: desde un duelo de madrigales en que los poetas intercambiaron 25 poemas de ese género, que los criados llevaban de un poeta duelista a otro, para honrar la muerte del camaleón de Safo (nombre de mundanidad literaria de Mlle. de Scudéry), hasta las *Chroniques du samedi,* pronto sustituidas por un registro más concienzudo de las célebres reuniones del salón, *La Gazzette du Tendre,* especie de boletín oficial donde la reina de esa "región" hacía públicas sus ordenanzas. Es en ese año de 1653 —fecha de la muerte del epitafiado camaleón— cuando en el círculo de Mlle. de Scudéry surge *La Carte du Tendre* (El mapa de Ternura), país imaginario del amor cortés que moldeaba las relaciones galantes de la selecta reunión del salón de Safo, y que Cathos evoca en la escena IV de *Las preciosas.* No tardó en difundirse esa idea, de la que ya se burlaba todo París antes de aparecer el mapa en el primer tomo de *Clélie;* además, el abate d'Aubignac sentía plagiada la metáfora geográfica que había ideado en su *Royaume de Coquetterie,* publicado en 1654, prácticamente en el mismo momento, sólo unos meses antes, que la *Clélie.* No era plagio, desde luego: la idea ya estaba en germen en el *Roman de la Rose,* pero en ese instante hizo furor, y fueron varios los mapas semejantes

Julie d'Angennes en traje de Astrea.
Detalle de un cuadro de Claude Deruet (1585-1660)

que en ese mismo año de 1654 y siguientes aparecieron; pero el preciosismo había doblado ya el cabo de su retorno: ese Mapa de Ternura, si bien supone la cumbre y meta que alcanza el movimiento, también señala el principio del fin.

Esta reacción de cortesanía elevada a la quintaesencia más irreal y falsamente literaria respondía, desde luego, a hechos históricos. El reinado de Enrique IV había impuesto unos modos bruscos, casi medievales, derivados de la actividad guerrera de una Francia sin una unidad definida con nitidez, y en transición monárquica de la dinastía de los Valois a la de los Borbones. Las *Mémoires* del duque de Saint-Simon (1675-1755) historian sobre todo el periodo anterior a Luis XIV, el de su padre Luis XIII, y ofrece ejemplos patentes de la grosería del lenguaje, de las fórmulas rudas y del desprecio hacia las mujeres que tanto en la corte como en la ciudad reinaba. Cuando en 1647 comienza la Fronda parlamentaria, esos modales seguían haciendo camino; tras la victoria de Luis XIV en esa guerra civil, y la "conversión" de los principales frondistas a la causa regia —las familias más poderosas y emparentadas más de cerca con el monarca, que entra triunfante en París, de la mano de Mazarino, cuando apenas tiene 14 años—, del rey abajo, los Conti, los Condé, los Gaston d'Orléans, secundados por libertinos como Chapelle o Beauchemont, "multiplicaron los escándalos, rompiendo cristales y atemorizando a las mujeres en el bosque de Vincennes" —según Bussy-Rabutin—; pero la sociedad empezaba a cambiar en esos gabinetes y salones organizados por las dueñas de las mansiones aristocráticas, donde se pretendía elevar el nivel de delicadeza y elegancia, borrar la rudeza de modales y divertirse entreteniéndose con la mayor honestidad del mundo: la *preciosa* es un "producto", según el abate De Pure, de la paz social recientemente instaurada.

La reacción iniciada en el salón Rambouillet en busca de modales distinguidos y de una delicadeza idílica

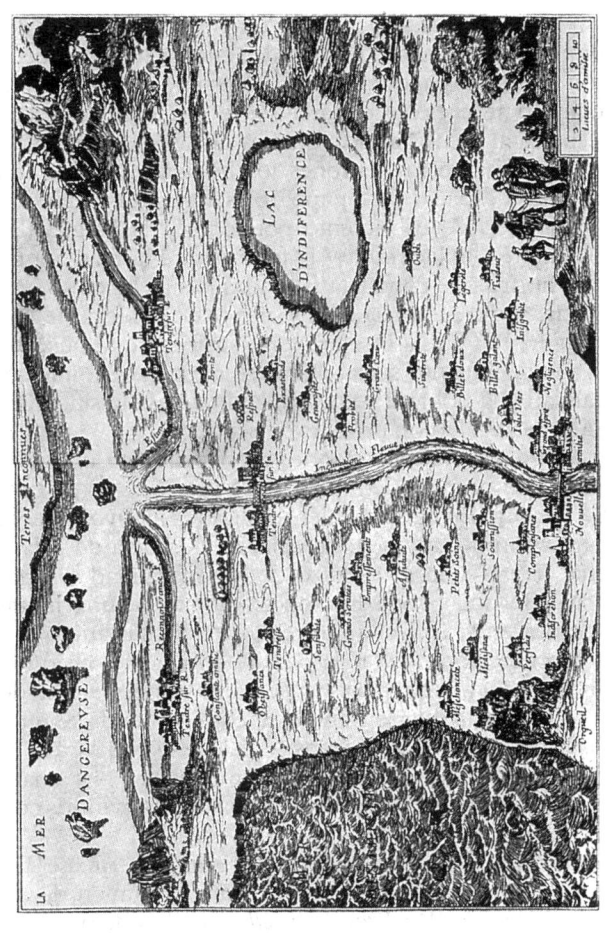

La "Carte de Tendre", o cómo ir desde Nueva Amistad
a Ternura. Grabado del tomo I de *Clélie,* de Mlle. de Scudéry

en el trato con la mujer, entre otros aspectos, iba a desembocar en el salón de Mlle. de Scudéry en una afectación que se expandiría como reguero de pólvora por la sociedad francesa y reinaría sobre ella durante varias décadas, al menos en los ámbitos de la burguesía urbana, pese a que los patrones los hubieran cortado, en brevísimo espacio de tiempo, los salones aristocráticos. El resultado de ese intento por renovar la lengua, las costumbres, la literatura y la filosofía fue la máscara de unas normas de conducta falseadas hasta el exceso, mimadas, como pesadilla de los sueños de nobleza de una pequeña burguesía insegura e insatisfecha que buscaba su reconocimiento social. Para ese momento, la intelectualidad y la nobleza se han retirado de esa falsificación que supone el salón de Mlle. de Scudéry.

Es en este ámbito donde, probablemente en 1656, aparece la primera definición de la preciosa, en *Le Cercle,* de Saint-Evremont, quien explica los motivos para la conversión del gabinete de damas en escuela de galantería: habría sido el rechazo de la sensualidad directa, carnal, lo que habría llevado al esbozo de una moral amorosa en la que el amor real quedaba sustituido por su elucubración mental; la pasión terminaba convertida en puro juego de palabras, en una especulación de ideas encargada de reprimir el apetito corporal: "Si queréis saber en qué hacen consistir las preciosas su mayor mérito, os diré que es en amar tiernamente a sus amantes sin goce, y en gozar a conciencia de sus maridos con aversión."

El primer cronista del preciosismo, ese abate De Pure que en 1656 publicaba el primer volumen de *La Prétieuse ou les Mystères des ruelles,* no deja de observar con perspicacia otras causas que, soterradas, ayudaban a la germinación de la preciosa, y que proceden de la citada y vieja querella de las mujeres: sobre todo, del papel real de la mujer en la sociedad —en la sociedad aristocrática, por supuesto; y de las condiciones, forzadas, de unos emparejamientos conyugales dictados por los intereses paternos (otro tema tan viejo como el teatro, desde Plauto a Shakespeare). Pero la profundidad en que subyacen esas causas sólo permite que vayan aflorando, en novelas y comedias, los refinamientos más ridículos y visibles (o vistosos): en ese mismo año de 1656, el abate da a la escena una comedia con el mismo título de su novela, *La Précieuse,* que, pese a la afirmación del autor de que sólo había pretendido burlarse de las falsas preciosas, provocó escándalo e irritación en los círculos refinados. No nos ha llegado esa pieza del abate, a la que seguían muy de cerca *Las preciosas ridículas* de Molière, según escribe Somaize cuatro años más tarde, cuando la enemistad y el enfrentamiento entre éste y el autor del *Tartufo* ya estaban declarados.

Que la realidad se quedaba corta en la burla que de ella hicieron Molière y otros resulta patente en numerosos textos, según los cuales círculos, gabinetes y salones "cultos" atestiguan la prescripción de indumentaria, de poses y de juegos de todo tipo, pero de modo especial en los asuntos lingüísticos y líricos.

Desde finales del siglo XVI, el lenguaje había sido caballo de batalla de las mujeres; las mojigatas habían empezado escandalizándose ante algunos términos, y pronto se estableció una jerarquización de las palabras, divididas en palabras nobles y palabras groseras; esa puntillosa división ya había merecido el menosprecio de Montaigne ("hay que dejar a las mujeres la superstición de las palabras"); pero lo que el autor de los *Ensayos* no podía prever era el final en el que iba a desembocar ese prurito lingüístico, de origen religioso en principio respecto a los términos relacionados con el sexo y la carnalidad —por sí mismos, por parecidos semánticos, por semejanza acústica, o posible alusión, que muchas veces estaban en la persona que se daba por escandalizada. Las preciosas dictaron de forma férrea las normas lingüísticas que iban a regir las asambleas, reuniones o simples conversaciones que contaran con la presencia de elementos femeninos; y la libertad de lenguaje sólo se volvió posible entre hombres solos.

La sociedad preciosa no dicta su ley únicamente sobre el lenguaje, no destierra sólo palabras por su sentido de la "vulgaridad" —a nadie le habían parecido vulgares hasta entonces—, sino que define y enumera los tipos de sonrisa que corresponden a cada estado de ánimo: además de inventar un "lenguaje" para el pañuelo y otro para los lunares postizos, llega a describir doce clases de suspiros, cuatro tipos de belleza, nueve especies de estima, etc., según el carácter (o *humor,* en términos de época) del personaje femenino y el papel que pretende fingir: la coqueta, la galante, la discreta, la apasionada, la burguesa, la ambiciosa, la dolida, etc.

El fingimiento y el juego podían hacer suponer la existencia de otros ámbitos donde las palabras y la pasión se materializasen, pero las reglas del preciosismo lo impedían: "Lo usual es envejecer amándose sin casarse y criticando en todas partes el matrimonio." Y Mlle. de Scudéry y su poeta Pellison mantuvieron durante cuarenta años el juego, sin llegar a ser amantes nunca. Entre los desafueros, a las comedias pasó la jerga específica en que convirtieron el lenguaje empleado en los gabinetes, que "atenta, según Sauval, contra el sentido común y la razón", con abuso de modismos como "un no sé qué que...", y utilización de adverbios como "furiosamente, espantablemente, terriblemente" en toda ocasión, aunque el sentido del contexto y el adverbio nada tuvieran que ver. "Dejaban al vulgo el arte de hablar de una manera inteligible", dice La Bruyère[7]. A lo ininteligi-

---

[7] "No hace mucho tiempo se ha visto un círculo de personas de ambos sexos, unidas por la conversación y por un trato de ingenio. Dejaban al vulgo el arte de hablar de una manera inteligible; una cosa dicha entre ellos con poca claridad propiciaba otra todavía más oscura, sobre la que se continuaba con verdaderos enigmas, siempre seguidos de largos aplausos; por todo lo que ellos llamaban delicadeza, sentimientos, giro y sutileza de expresión, habían llegado a no ser en-

Grabado de Chauveau para la novela *Le Grand Cyrus,*
de Mlle. de Scudéry. Las preciosas celebran su reunión
en *la ruelle*

ble y a lo "fino" unieron los salones un gusto excesivo por la metáfora, en todos los planos de la lengua, desde el sustantivo ("un necesario" llama Madelón, en *Las preciosas ridículas,* a un criado) hasta el verbo (Mascarilla no desea "imprimir" sus zapatos en barro), pasando a utilizar metáforas encadenadas (en el acto I de esa misma obra, "el sillón os tiende los brazos", dice Cathos, para añadir a renglón seguido que el sillón "tiene deseos de abrazaros"). Además de las expresiones de moda ("querida mía" como muletilla) y del uso de términos con función distinta a su significado *("dernier"* como marca de superlativo), el gusto precioso sustantiva constantemente adjetivos ("lo tierno", "lo apasionado", etc.).

"LAS PRECIOSAS RIDÍCULAS"

Con este primer éxito de Molière llegaba la primera de las muchas querellas —en algún caso sería mejor hablar de "batallas", como en el de *Tartufo;* en algún otro, como en el de *Don Juan,* de sorda derrota en medio de un sepulcral silencio que Molière, tan dado a la lucha en defensa de sus restantes títulos polémicos, nunca rompió— que acompañaron sus estrenos hasta la muerte del comediógrafo. *Las preciosas ridículas* se presentaron el 18 de noviembre de 1659, como remate de función tras el *Cinna* de Corneille. En la taquilla se recaudó una cantidad que merecía el calificativo de éxito: 533 libras, cuando la media del año último no había pasado de las 200. Pese a ser estreno, contra la costumbre de la época Molière no dobló el precio de la entrada. Aunque la acogida fuera más que aceptable, *Las pre-*

---

tendidos y a no entenderse ellos mismos. Para participar en esas conversaciones no se precisaba ni sentido común, ni juicio, ni memoria, ni la menor capacidad: se necesitaba ingenio, no del mejor, sino de ese que es falso, y en el que la imaginación ocupa demasiada parte" (La Bruyère, *Les caractères,* V, 65).

*ciosas* no se repondrían en los días sucesivos, en que la *troupe* montó la tragedia *Orestes y Pílades,* de un tal Coqueteau de La Clairière, amigo de los hermanos Corneille. No volvería a las tablas hasta el 2 de diciembre, en esta ocasión con el precio de las localidades doblado: en taquilla quedaron 1.400 libras que podían considerarse una recaudación más que excelente, y que permitieron al autor reponer la pieza en diversas ocasiones: en poco menos de un año, hasta el 11 de octubre de 1660[8], se contaron 44 representaciones, éxito considerable según las pautas de la época. Del triunfo da cuenta el gacetillero Loret, quien en su *Gazette* del 6 de diciembre escribe que la comedia, de tema divertido, induce "a reír sin cesar" con sus burlas. *Las preciosas* "han sido muy visitadas/ por gentes de todo rango,/ que nunca se han visto tantos juntos/ en el Hôtel del Petit-Bourbon./ En cuanto al tema, bueno o malo,/ no es más que un tema quimérico./ Pero tan bufón y tan cómico/ que nunca las piezas de Du Ryer,/ nunca el *Edipo* de Corneille/ que dicen ser una maravilla [...],/ tuvieron una boga tan grande./ Muy sabrosa pareció la pieza/ a muchos, tanto sabios como locos./ Por mi parte, gasté en ella treinta *sous,*/ mas, oyendo sus sutiles palabras,/ me reí por más de diez pistolas".

No tarda mucho en escribirse el primer rechazo de *Las preciosas ridículas:* sale de la pluma de una autoridad en materia escénica: Thomas Corneille[9], hermano

---

8 En esa fecha, M. de Ratabon, superintendente de edificios públicos, empieza la demolición del Petit-Bourbon, sin avisar siquiera a Molière de las obras (la falta de aviso pareció deberse a intrigas de los "Grands Comédiens" contra su rival cómico); la compañía, tras tres meses de descanso forzado, se instaló, por decisión real, en la espléndida sala del Palais-Royal, compartida con los Italianos.

9 Las relaciones de Molière con los Corneille no venían de muy lejos: se habían conocido en 1658, durante una gira de la *troupe* que había llevado a nuestro autor a Ruán. Una cómica, la Du Parc, suscitó varias estancias de Corneille, el enamoramiento de su hermano Thomas y unas relaciones amorosas con Racine; las pretensiones de varios

del gran trágico, y reciente dramaturgo de éxito él mismo (*Timócrates*, 1656), dice en carta al abate De Pure, también amigo del autor de *Orestes y Pílades*, justificando el fracaso de esa pieza, que "según todo el mundo [la compañía] ha interpretado la obra de modo detestable [...]: sólo sirven para defender bagatelas semejantes [a *Las preciosas*], y la mejor obra se hundiría en sus manos".

Bagatela. El término perseguirá a Molière, para rebajarle frente a los grandes trágicos por su calidad de comediógrafo; la palabra reaparecerá también durante la querella de *La escuela de las mujeres*. Sin embargo, la bagatela progresaría con pie firme, antes incluso de la segunda representación del 1 de diciembre: una alumna del abate d'Aubignac, Marie-Catherine Desjardins, más tarde Mme. de Villedieu (1640-1683), sin haber asistido al estreno del día 18 de noviembre redactó a petición o con la venia de Molière, y siguiendo el relato que un espectador le hizo, un *Récit en vers et en prose de la farce des Précieuses,* que pronto circuló manuscrito y algo más tarde impreso, aunque, en la segunda edición, ya aparezca al "cuidado" de la autora, con muchos errores y la supresión, respecto a la primera, de algunas frases y burlas soeces con las que es más que probable que Molière deleitase al público del estreno. Un enemigo declarado de Molière, el ya citado Somaize, que más tarde "predijo" que "un alcobista de calidad prohibirá ese espectáculo por unos días"[10], iba a contribuir también a

---

personajes, entre ellos el secretario del príncipe de Conti, con la dama ayudaron en esa fecha al proyecto de Molière de instalarse en París; en ese año, uno de los que le favorecen es Thomas Corneille. Tras la crítica, bastante secreta, de *Las preciosas* por parte de los dos Corneille, en 1663 ambos se lanzaron a cara descubierta contra Molière durante la querella generada por *La escuela de las mujeres.*

[10] En sus *Prédictions,* por supuesto escritas con posterioridad a los hechos, que figuran en el *Grand Dictionnaire des Précieuses* (1661). Somaize parece aludir a que la pieza fue prohibida por influencia de algunos "preciosos", cosa que no parece probable a la crítica más solvente.

la popularidad y difusión de *Las preciosas:* junto con su librero Jean Ribou, personaje no más escrupuloso que él, Baudeau de Somaize garrapateó deprisa y corriendo una comedia, *Las verdaderas preciosas,* que imprimió el 2 de enero de 1660; en el texto acusa al comediógrafo de emplear *canovacci,* moneda corriente entre los insultos lanzados contra el autor del *Tartufo.* Con ánimo de caldear el ambiente en favor de los salones, acusa a Molière no sólo de plagiar a los cómicos italianos, sino, además, de imitarles en su forma de actuar; de haber robado la trama al abate de Pure, y de saquear a conciencia los *canovacci* del farsante Guillot-Gorju, a cuya viuda se los habría comprado Molière. De esta última acusación de Somaize se hicieron eco todos los competidores de Molière. En esta ocasión, sus rivales del Hôtel de Bourgogne, los "Grands Comédiens", se unieron a los del Marais, para atacar a quien empezaba a provocar menguas en sus ingresos de taquilla. No sólo saqueaba las memorias y *canovacci* de Guillot-Gorju; se le acusaba además de regalar entradas, multiplicar adulaciones y sombrerazos con los grandes, etc.

La pareja Ribou/Somaize no se paró en barras: el librero consiguió hacerse con un libreto de *Las preciosas* y sacó un privilegio para editar los dos títulos, el de Molière y *Las verdaderas preciosas* de Somaize. Para no dejarse robar, Molière se adelanta e imprime su obra, dotándola de un prólogo burlón que alude a esas argucias de Ribou, el 29 de enero de 1660: no se aplacaron con ello los depredadores, ni cejaron en su persecución de la pieza; dada la popularidad de que gozaba el fenómeno social, se había convertido en un buen negocio librero. Somaize no sólo trasladó a verso *Las preciosas ridículas:* en poco más de año y medio edita cuatro libros claves para la difusión de la moda del preciosismo: *Las verdaderas preciosas* en enero, el *Grand Dictionnaire ou La Clef de la langue des ruelles* y *Les Précieuses en vers* en abril de 1660; y el *Grand Dictionnaire des précieuses, historique, poétique, géographique...*

en junio de 1661, que difundieron y ayudaron a popularizar el término, la moda y... la pieza de Moliére.

Que el público precioso de París vio en el provincianismo y en el carácter ridículamente burgués de las protagonistas la disculpa para reírse y no darse por aludido es hecho demostrado. Los aplausos fueron unánimes; a ellos se sumaron tanto los contertulios del salón de Mme. de Rambouillet como los alcobistas que se perdían por los senderos del país de Ternura junto a Mlle. de Scudéry. ¿Era Angélique-Clarisse d'Angennes, Mlle. de Rambouillet, hija de la marquesa que había abierto el célebre salón, "uno de los originales de las *Preciosas"*, como afirma Tallement des Réaux, perfecto conocedor de las intimidades de ese palacio? Lo cierto es que el salón Rambouillet asistió en pleno al estreno. Según la *Menagiana,* su autor, Ménage, había acudido flanqueado por Mlle. de Rambouillet, Mme. de Grignan, el gabinete entero del Hôtel, M. Chapelain y algunos conocidos más. "Al salir de la comedia, [Ménage cogió] a Chapelain del brazo: 'Señor, [...] vos y yo aprobábamos todas las tonterías que con tanta finura y tanto sentido acaban de ser criticadas; mas, creedme, [...], tendremos que quemar lo que hemos adorado y adorar lo que hemos quemado.'" Cierto que el testimonio presenta un dato en su contra: ha transcurrido demasiado tiempo desde la presentación de *Las preciosas,* y desde el estreno de *La escuela de las mujeres,* de *Las mujeres sabias,* etc., hasta la publicación de esas líneas de la *Menagiana,* que aparecieron un año después de la muerte de Ménage, en 1693.

Y lo cierto sigue siendo que la comedia —ese título le dio siempre el autor; sólo el *Récit* de Mme. de Villedieu le otorga el calificativo de farsa— gozó de predicamento entre la propia sociedad contra la que algunos creían que apuntaba sus dardos; la *troupe* fue llamada de todas partes para representarla, y así *Las preciosas* se vieron en el palacio Plessis-Guénegaud y en los salones de Le Tellier, de Mme. Sanguin —para entretener al Gran Condé—, del mariscal de L'Hôpital, del caballero

Dama en su *toilette,* utilizando el "consejero de las gracias"

de Gramont, etc.. En julio del año siguiente sería el rey quien la mandara representar en Vincennes, asistiendo además en octubre, en casa de Mazarino, a otra escenificación de la pieza. ¿Contra quién apuntaba Molière entonces? Contra los excesos de una moda, contra el envilecimiento que, en el medio burgués, sufrían unos modos de comportamiento y una búsqueda de las reglas de elegancia necesarias para la nueva sociedad que el Rey Sol, casi adolescente, inauguraba tras el aplacamiento de las guerras civiles. Salvo el empleo de muletillas de actualidad en el lenguaje, la pieza saca su consistencia de los recursos tópicos de la comedia de siempre: el enfrentamiento padre-hijas y amos-criados, las extravagancias de los jóvenes frente a la "sensatez" de la generación anterior, las quejas contra las mujeres, que procedían del fondo de la tradición más remoto, la ridiculez de una usurpación de rango por parte de los servidores, que los vuelve doblemente ridículos por jugar con otros personajes también enmascarados, como son esas burguesitas jugando a damas. Madelón y Cathos confunden lo leído con la realidad (como Don Quijote, como Emma Bovary) y creen en París como en un nuevo país de Jauja de las relaciones sociales y amorosas. Molière insiste en el provincianismo de ambas desde las primeras líneas: es la condición de verosimilitud necesaria para que el mundo precioso pueda reírse y no sentirse rozado siquiera por la burla; por eso, ante las preciosas auténticas, las dos ridículas son pintadas como necias, tontas, novatas en las modas, tan ingenuas y poco "preciosas" que no saben descubrir a un criado si éste va disfrazado con cintas y plumas, que hacen absurdos saludos a base de sombrerazos y amplios ademanes. París es para Cathos y Madelón el antro del buen gusto, la elegancia y el ingenio; y ambas resultan risibles y patéticas con sus sueños de grandeza y felicidad. Desde luego, burguesas como son y provincianas (para ellas vivir en provincias es vivir "en el desierto"), no habrían sido aceptadas en el salón Rambouillet; pero, burguesas,

[38]

parisinas y "cultivadas", tienen franca la puerta de Safo.

Cierto también que, tras tanto maquillaje y bobería, hay un drama interior que quiere aflorar: los matrimonios impuestos por los padres (Gorgibus inicia la serie de padres tiranos de sus hijas que van a aparecer en la mayoría de las piezas de Molière). La ridiculez de ambas nace, además, de la diferencia entre su estirpe (o, mejor, de su falta de estirpe) y sus pretensiones, de la desproporción entre realidad y transcripción vivida del mundo de *Clélie;* por más que su padre, y Crísalo en *Las mujeres sabias,* puedan ser tachados de sensatos y tiranos, se atienen a un sentido práctico y burgués que se corresponde con el lugar que ocupan en sociedad, y del que no pretenden salir; el contrapunto entre estos papeles y sus hijas duplica la ridiculez de estas burguesas que juegan a las grandes damas sin más enjundia que el barniz y la apariencia.

Molière envuelve todo esto en "aire precioso", y ese ámbito aparece así, sobre escena, como la diana principal de las flechas del dramaturgo. No es, por tanto, una simple farsa de actualidad, con nombres reales que se transparentarían en los de las preciosas y demás personajes, sino una "comedia" que eleva a categoría de alcance literario —se inscribe en esa tradición cómica— hechos y modos de vida difusos, pero cercanos para el público, caricaturizados sólo hasta un punto en el que los protagonistas del preciosismo no se vieran reflejados como tales y pudieran reírse con los excesos que sus propias máscaras e imitadores cometían. Molière facilita al gremio de preciosos un punto de fuga para la no-identificación, diseñando finamente el provincianismo de esas burguesas recién llegadas, e incorporando a esa apariencia de actualidad los temas cómicos de siempre. No será este camino el que tome en obras posteriores: en *La escuela de las mujeres* y en *Las mujeres sabias,* a través de la crítica del defecto apuntado, se translucen con plena nitidez personas y situaciones concretas que el público tenía al alcance de la vista y de la mano. La ayuda que ahora, al principio de su carrera, presta a las víctimas de su crítica no durará mucho: pondrá a sus personajes nombres que apenas ocultan a personas reales, y, paso a paso, irá ascendiendo de la clase burguesa al *"monde"*, a esa nobleza que frecuenta el palacio del Louvre, pero también los salones, que asiste al despertar del rey pero se divierte y fundamenta su existencia y rango haciendo cábalas incongruas sobre astronomía y lenguaje, sobre ciencia y poesía, como aficionados faltos del sentido común más pedestre.

### "LAS MUJERES SABIAS"

Cuando el 11 de marzo de 1672 saca a escena *Las mujeres sabias,* hacía seis años que Molière no había estrenado una comedia "grande"; desde *El misántropo* se había entretenido escribiendo textos para el divertimento cortesano, comedias-ballet musicadas por Lully, como *El burgués gentilhombre* y *Los amantes magníficos,* además de una pieza, *El avaro,* que se cae del cartel inmediatamente después de su estreno, ocurrido el 9 de septiembre de 1868; uno de los motivos aducidos para ese rotundo fracaso fue su lenguaje en prosa; según su primer biógrafo, Grimarest, un duque habría lanzado a voz en cuello este reproche: "¿Está loco Molière y nos toma por palurdos para hacernos tragar cinco actos de prosa? ¿Se ha visto alguna vez mayor extravagancia? ¿Cómo vamos a divertirnos con la prosa?" Salvo en las piezas menores, los "entendidos" soportaban mal la prosa y exigían el respeto a una tradición griega y latina que había impuesto el verso como lenguaje escénico. Pero Molière, apremiado por la urgencia de los estrenos y por las obligaciones que le imponía su condición de jefe de *troupe* y de comediante del rey —con el cortejo de compromisos sociales que ello conllevaba—, no disponía ni de tiempo ni de la tranquilidad que exigía una comedia en verso y "grande", es decir, de cinco actos.

A finales de ese año de 1868, espoleado tal vez por el fracaso del *Avaro,* anuncia la composición de una comedia nueva en cinco actos y verso; tardaría dos años en escribirla (el 31 de diciembre de 1670 solicita el privilegio para su impresión) y casi otros dos en estrenarla. Merece la pena tomar nota de las fechas: en los últimos días de ese año aún no se ha permitido al *Tartufo* subir libremente a las tablas, que no pisará hasta febrero del año siguiente; en el camino, también se le había quedado a Molière en el cajón *Don Juan,* retrato del hipócrita aristocrático con el que el comediógrafo apuntaba a un escalón social superior al del burgués Tartufo. Que se geste y escriba *Las mujeres sabias* en medio de la batahola de esas prohibiciones del *Tartufo,* y, por fin, de su puesta libre en escena, parece haber influido en estas *Sabias* que ambientan la burla del hipócrita intelectual en el medio precioso. Los paralelismos entre ambas piezas son notorios, sobre todo desde el punto de vista de la estructura dramática: semejante es el mantenimiento del suspense por medio de un truco: demorar la aparición de quienes van a servir de protagonistas (Tartufo, Trissotin), que no se produce hasta el acto III en ambas obras; idéntico es también el esquema de la trama: la intrusión en el seno de una familia acaudalada de un personaje falso que, a través de la hija, y utilizando su poder de palabra, pretende acceder a la bolsa del padre, y que, puesto ante una falsa pérdida —ideada por el enamorado de la joven— de la hacienda familiar, devuelve entre sofocos y disculpas la mano que ya tenía concedida. Crítica, por tanto, muy vistosa y aparente del preciosismo y de la ridiculez de unos literatos ventajistas y falsos; y crítica, más soterrada, de la hipocresía y falsedad en los medios literarios.

Cuando Molière anuncia la inmediata presentación de la obra al público tiene buen cuidado de señalar que en ella no alude a nadie ni ataca a nadie. Precaución inútil: el nombre del protagonista señalaba claramente la dirección del dardo. Leída la pieza en casa del duque de La Rochefoucauld y del cardenal de Retz antes del estreno, las gentes de letras y la sociedad "preciosa" supieron de sobra quién era la víctima de *Las mujeres sabias*. No sólo se transparentaba con total precisión: por si fuera poco, Molière adjudicaba a su protagonista dos poemas sacados, sin cambio siquiera de una coma, de las obras del abate Cotin; la tradición teatral de la pieza quería, además, que el actor que encarnaba el personaje hubiese comprado en una tienda de ropavejero un viejo traje del abate. Los rumores de la burla acompañaron el estreno, y la taquilla da testimonio de un éxito inmediato de *Las mujeres sabias* hasta Pascua, momento en que la recaudación desciende de las 1.000 libras que había alcanzado durante las ocho primeras representaciones, a las 250; Molière se ve obligado a retirarla del cartel.

El tema en que envuelve la sátira contra el abate resultaba sobradamente conocido para el comediógrafo: es el mismo de *Las preciosas ridículas,* de cuyo "mundo" no se aparta en *Las sabias,* aunque ahora caracteres y situación queden ahondados con mayor profundidad; de este modo se permite saldar viejas cuentas, entre otros, con los agresivos defensores del preciosismo y los aduladores de las ofendidas por *La escuela de las mujeres.* Habían dado éstas, en el breve período de esa década, un paso adelante: los salones habían saltado de la literatura y la cortesanía a los campos de las ciencias y de la filosofía, en un momento en que se divulgan esos conocimientos entre el reducido círculo de mujeres que formaban la aristocracia y la crema de la burguesía, deseosas de aprender y de convertir sus sabidurías en estandarte de lucha que airear en el campo del amor; a este tema aplican migajas entresacadas de aquí y de allá: del cartesianismo, del epicureísmo y del platonismo, en un revoltijo burlesco que las ridiculiza. Esas nociones, mal asimiladas, habían de convertirse en otros tantos resortes de risa entre el público de la comedia. Es en esos años precisamente cuando París se vuelve centro de una vida científica que camina hacia la Ilustración, pero que también tiene un envés: los divulgadores se lanzan a declamar conferencias y a editar folletos para poner al alcance de oyentes y lectores no eruditos resúmenes del maravilloso pensamiento que encerraban las ciencias y la filosofía para el cerebro humano, asegurando una adquisición rauda y cierta de los tesoros que en ese terreno había producido la humanidad desde los tiempos antiguos.

Pero esta vez la ferocidad de la sátira de Molière no va dirigida con flecha directa contra las mujeres y los ambientes falsamente cultos de los salones: sólo le sirven para envolver y prestar mayor consistencia al veneno que suelta contra el abate Cotin, en quien la época reconoció con toda claridad el original de Trissotin, nombre que, en primera instancia, era más nítido todavía: Tricotin, y que Molière, en un primer momento, pensó en colocar, igual que en *Tartufo,* como título.

Ese abate, nacido en 1602, había alcanzado a los sesenta y ocho años de edad la cúspide de su importancia y su prestigio en la vida social y literaria francesa; académico desde hacía diecisiete años y limosnero del rey debido a la fama de sus sermones, era un erudito no exento de conocimientos en las tres materias a que dedicó con profusión su pluma: la teología, el helenismo y la lírica "preciosa". Por los salones de Mmes. de Rambouillet, de Guisa, de Nemours y de Montpensier había paseado sus sabidurías, sus juegos rimados y sus enigmas en verso, y algunos de sus títulos pueden servir de índices de su trabajo y de su afición preciosa: *Antología de enigmas de este tiempo* (1645), *Poesías mezcladas con Urania, o la metamorfosis de una ninfa en naranjo* (1659), *Obras generales en prosa y verso con algunas composiciones escritas para damas de rango* (1666), *Tratado del alma inmortal* (1655), etc., que habían provocado pasmos de admiración en los salones, además de *La Ménagerie,* contra el erudito Ménage, al que también saca a plaza pública Molière en esta pieza. Aunque los pruritos literarios del abate recibieron la adulación de los círculos sociales del preciosismo y la mundanidad, se ganaron severos varapalos de plumas más serias, como la de Boileau o la del mismo Ménage. Pero en la época de las *Preciosas,* Cotin aún mantenía cierta relación amistosa con Molière, al que alentaba a intervenir en su polémica personal contra Ménage con una comedia que, bajo el título de *Ménage hipercritique,* denunciara los plagios del helenista: "El abate Cotin se burla [de Ménage] en voz alta;/ Boileau en voz baja, y el jovial Molière/ promete haceros una farsa a lo burgués", escribe en *La Ménagerie.*

Pero, tras esa primera etapa, las ofensas y agravios de Cotin contra Molière empiezan pronto; según los gacetilleros y comentaristas de la época, ambos eruditos, Cotin y Ménage, habrían proclamado a voz en cuello, tras el estreno de *El misántropo,* que Molière se burlaba en esa pieza del duque de Montauzier, poniendo así en situación delicada al cómico. Era Cotin supuesto autor, además, de un brutal libelo, *La critique désintéressée sur les satires du temps,* donde se pedía la aplicación de rigurosos castigos por parte de la Iglesia y de las justicias del rey contra la impiedad de "estas gentes infames", los cómicos y autores de comedias: "¿Qué puede responderse a gentes que están declaradas infames por las leyes, incluso las paganas? ¿Qué puede decirse contra aquéllos a los que no se puede decir nada peor que su nombre: *cum crimine turpior omni Persona est?"*

Por si fuera poco, en el libelo que le fue atribuido por la época y durante mucho tiempo —aunque su paternidad adjudiquen hoy los eruditos a Edme Boursault (1638-1701)— aparecía citado el comediógrafo: "He leído malos versos sin criticar al poeta,/ he leído los de Molière y no he silbado."

Cotin también se había enzarzado en disputas e insultos con Boileau, amigo fraternal de Molière: las sátiras que ambos enemigos se dirigieron fueron violentas y de una ferocidad sin límites, incluso para la época, y no

Retrato del abate Cotin

dejaron de afectar a Molière; junto con el abate De Pure y Quinault, Cotin denunciaba en otro libelo, *La Bastonnade,* los agravios de Boileau, salpicando de pasada a Molière al calificar al autor del *Art poétique* de amigo del "héroe mímico", del "héroe de los farsantes que, por interés, trata de destruir a los buenos actores en el ánimo de Su Majestad".

Para terminar de colmar la animadversión de Molière, Cotin había sumado su voz a la vieja querella sobre la moralidad del teatro, que sacan a plaza pública periódicamente, a lo largo del siglo XVII, los teólogos, y a la que se suman, por diversas razones y en facción distinta a la de Molière, diversos literatos, entre ellos dramaturgos como Corneille y Racine[11]. Cotin se había unido también a la querella provocada por *El Tartufo* y por *Don Juan,* asumiendo las acusaciones del jansenista Nicole (1665) por las que "un poeta de teatro es un envenenador público, no de cuerpos sino de almas"; el desenlace de tales argumentaciones quedó explícito en más de un texto: Molière, un demonio "trajeado de hombre", debía ser condenado como carne de Inquisición a la purificación del fuego.

Como su amigo Boileau —que en 1667 había escrito: "Quien desprecia a Cotin no estima a su rey,/ y no tiene según Cotin ni Dios, ni fe, ni ley"—, Molière no se quedó atrás, frente al abate, llegada la hora de los insultos, y le endilgó el mayor varapalo que podía propinarle en forma de protagonista de *Las mujeres sabias;* cierto que el comediógrafo se había apresurado a escribir en *Le Mercure Galant* que "Aristófanes no destruyó la reputación de Sócrates sacándole en una de sus farsas". Además, Cotin no era Sócrates.

El lenitivo de esa disculpa no debía surtir efecto: era

---

[11] Para más detalles de esta polémica y el enfrentamiento entre los dramaturgos, véase el apartado "La querella sobre la moralidad del teatro" en mi prólogo a *El Tartufo o el Impostor* (Madrid, Espasa-Calpe, 1994).

demasiado directo el dardo contra Cotin —que no salió de casa durante algún tiempo tras el estreno de *Las mujeres sabias*— y totalmente irrefutables las pruebas que la propia pieza incluía —el soneto sobre la fiebre de la princesa Urania, el epigrama sobre la carroza de color amaranto, escritos por Cotin pasan directamente a convertirse en obras de su personaje. También se ha considerado lenitivo por parte de algunos estudiosos molierescos la inclusión de la crítica contra Ménage, enmascarado con toda nitidez bajo el disfraz del doctor Vadius: en ese nombre resonaba ya el pseudónimo con que firmaba sus composiciones poéticas: *Ægidius* (latinización "sabia" de su nombre de Gilles).

Ménage fue un notable intelectual de su época, el mejor conocedor de la lengua francesa de su tiempo y helenista muy apreciado, además de poeta lamentable; sus contemporáneos señalan como principales defectos del personaje la pedantería y un preciosismo que le había convertido en asiduo de los salones. Apreciado, entre otras figuras, por Mme. de La Fayette, Ménage participó en todas las disputas entre colegas a que fue tan dado el siglo: se enfrentó como feroz polemista a Gilles Boileau, al abate d'Aubignac, a Chapelain, al Parlamento y, por supuesto, a Cotin. Según testimonio del abate d'Olivet (en su *Carpentariana),* la enemistad entre Ménage y Cotin habría surgido cierto día en que este último leía a Mademoiselle un soneto sobre el lírico asunto de la fiebre de Mme. de Longueville. "Cuando acababa de leer sus versos, entra Ménage. Mademoiselle se los muestra sin decirle quién era el autor. A Ménage le parecieron lo que realmente eran, es decir detestables; entonces nuestros dos poetas se lanzaron a la cara poco más o menos todas las lindezas que Molière ha rimado de forma tan divertida." Aunque otras versiones de la misma escena cambien el lugar en que se produjo e incluso el nombre de los protagonistas —Gilles Boileau y Cotin—, poco importa el dato verídico. La escena era ridícula, y el comediógrafo necesitaba dos enemigos declarados —que además lo fueran propios—, que se acusaran y agraviaran entre sí[12], y quiso que fuese Ménage quien junto a Cotin sirviera de levadura al pasaje más cómico de su obra.

Contra los dos, por último, tenía Molière otro agravio que saldar, y del que parece burlarse el propio texto de 1672, fecha en que ambos, tras los cuatro primeros años, habían dejado de percibir las gratificaciones regias otorgadas a los "intelectuales y artistas", instituidas en 1763 por el Rey Sol y discernidas por Colbert; el público "ilustrado" de la comedia, que llevaba minuciosa cuenta de los privilegiados por el favor real y de los borrados de la lista, debían de estallar en carcajadas ante las dos réplicas que se espetan Vadius y Trissotin: "Si Francia pudiera conocer vuestro precio... / Si el siglo rindiera justicia a los ingenios..." Molière, que gozaba de la pensión real de 6.000 libras anuales como jefe de la *troupe* del rey, hacía además un guiño al dispensador de esas limosnas de oro, a Colbert, de quien, cuando le fue retirada la gratificación, Ménage se había despedido con un durísimo poema latino.

---

[12] A un epigrama de Ménage contra unos versos en que el abate celebraba la sordera de Mlle. de Scudéry, Cotin replicó con *La Ménagerie,* de 1659 probablemente, momento en el que el abate trata de sumar la voz de Molière a sus ataques; en ese libelo se acusaba al sabio erudito de copista y plagiario; ése era también el primer puyazo que a Ménage le propinaban todos sus rivales, el de su tendencia a "espigar" sus flores en campo ajeno.

## ESTA EDICIÓN

Ni *Las preciosas ridículas* ni *Las mujeres sabias* plantean problemas textuales, editadas como fueron por Molière en vida: la primera en 1659, y la segunda en 1672. A diferencia de otros autores de teatro —Corneille y Racine por ejemplo—, Molière no se molestó en releer las reimpresiones de sus obras para corregirlas o revisarlas. Por tanto, ningún problema particular ofrecen estos textos, como el resto, por lo demás, de las piezas de nuestro comediógrafo —salvo dos casos, *El enfermo imaginario* y *Don Juan.*

Las ediciones posteriores a la muerte de Molière sólo aportan, desde el punto de vista textual, mínimas variantes, procedentes de libretos de actores; más interés ofrecen, en la edición de *Les Œuvres de M. de Molière, revues, corrigées et augmentées,* París, 1682 —preparadas probablemente a partir de los manuscritos que tenía el actor La Grange por éste y por Vivot, amigo personal de Molière—, las indicaciones escénicas que incluyen. En el texto castellano, esas indicaciones aparecen entre corchetes cuando no figuran en la primera edición.

Sigo para la traducción la edición más completa de las obras de Molière que existe en la actualidad; la preparada por Georges Couton, a partir de las *princeps* de ambos títulos, para la Bibliothèque de La Pléiade: *Œuvres complètes de Molière,* París, Gallimard, 2 vols., 1971 (revisada en 1976). Asimismo he tenido a la vista, las de Denis A. Canal, Fernand Anguié, Michel Lagier y Édouard Bessière reflejadas en la Bibliografía. De todos ellos, y de otros estudiosos molieristas que se citan en ese mismo apartado bibliográfico, son deudoras, en buena parte, mis notas.

## CUADRO CRONOLÓGICO
## JEAN-BAPTISTE POQUELIN, MOLIÈRE
## (1622-1673)

1622 – 15 de enero: nacimiento de Jean Poquelin, hijo de Jean Poquelin, tapicero, que lo será del rey en 1631, y de Marie Cressé.

1632 – Muerte de Marie Cressé

1633 – Segundo matrimonio de su padre, con Catherine Fleurette, que morirá tres años después dejando dos hijos.

Muerte de Gautier-Gauguille, de Gross-Guillaume, de Tabarin. La Inquisición fuerza a Galileo a abjurar de sus "errores".

1635 – Jean-Baptiste Poquelin ingresa (tal vez al año siguiente) en el colegio de los jesuitas de Clermont.

Fundación de la Academia Francesa. Francia entra en guerra con España.

1637 – Jean-Baptiste jura el cargo de "valet de chambre-tapicero" del rey, cuya futura ha solicitado su padre para él.

Descartes publica el *Discurso del método*.

1638 – Nacimiento del futuro Luis XIV.

1641 – Posible fecha de la salida de Poquelin del colegio de Clermont.

1642 – Nacimiento de Armande Béjart, hija póstuma de Joseph Béjart y de Marie Hervé.

1643 – Jean-Baptiste renuncia en enero a la futura del cargo de tapicero en favor de su hermano.

Con 630 libras que su padre le adelanta de la herencia de su madre, firma el 30 de junio un contrato con Madeleine Béjart y varios miembros de la familia de ésta para fundar el Illustre Théâtre.

Muerte de Luis XIII el 14 de mayo; advenimiento de Luis XIV, de cinco años, bajo la regencia de Ana de Austria. Condé obtiene la victoria de Rocroi.

1644 – Primera aparición de la firma "de Molière" con el Illustre Théâtre, que abre sus puertas el 1 de enero. El fracaso —además de las condenas del abate Ollier— obliga a la compañía a mudarse al otro lado del Sena. Representa obras de Du Ryer, Desfontaines, Magnon y Tristan l'Hermite.

1645 – En agosto, Molière es encarcelado por deudas, en calidad de jefe de la compañía. La compañía se dispersa, y Molière es el primero en huir de París.

1646 – Jean Poquelin paga las deudas de su hijo. Se encuentra el rastro del Illustre Théâtre en Nantes, donde se le han unido los Béjart; trabajan para la *troupe* de Du Fresne, patrocinada por el duque de Épernon, gobernador de Guyenne

1647/1658 – La *troupe* de Molière, con el título de *troupe* Du Fresne, recorre Francia, desde Toulouse a Nantes, Montpellier, Narbona...

En 1647 comienza la Fronda parlamentaria.

1650 – Molière, jefe de la *troupe,* tiene que renunciar a la protección del duque de Épernon, deposeído de su cargo por su compromiso con la Fronda. Van uniéndose al grupo actores como Catherine Leclerq (1650), Louis Béjart y De Brie (1652).

1651 – Luis XIV accede a la mayoría de edad. Condé, que tres años antes había derrotado a los españoles en Lens, se alía a ellos.

1652 – Turena derrota a Condé, y las tropas reales vuelven a tomar París. Mazarino, en la cima de su poder, hace que el rey entre triunfante en París.

1653 – La *troupe* de Molière, llamada por el abate Cosnac, se presenta en La Grange des Prés, castillo del príncipe de Conti, quien desde ahora le otorga su protección y su nombre.

Fin de la Fronda. Fouquet superintendente de Finanzas.

1655 – Año excelente para la compañía. Madeleine Béjart presta cantidades importantes a distintas personalidades de Montpellier. Estreno, en Lyon, de *L'Étourdi,* primera pieza de Molière. Los estados del Languedoc otorgan a la *troupe* una pensión.

1656 – Molière estrena su segunda pieza, *Le Dépit amoureux.* Los Estados del Languedoc deciden no seguir pagando la pensión a la *troupe.*

1657 – El príncipe de Conti ordena a la *troupe* no emplear su nombre.

1658 – Molière y los Béjart se instalan en París, donde Madeleine ha subarrendado el teatro del Marais (julio). Poco después consiguen el patrocinio de Monsieur, y representan ante el rey y ante Monsieur *Nicomède,* de Corneille, y una farsa. El rey concede a Molière la sala del Petit-Bourbon para alternar con los cómicos Italianos hasta que éstos regresen a su país al año siguiente. Éxito de *L'Étourdi* y de *Le Dépit amoureux.*

1659 – Entran en la compañía Jodelet, Lespy, La Grange (que empieza a llevar su registro), Du Croisy, los Du Parc (de forma intermitente). Éxito inmenso de *Las preciosas ridículas,* (18 de noviembre) con el famoso Jodelet, de quien será uno de sus últimos trabajos.

1660 – Por muerte de su hermano, la futura del cargo de tapicero real vuelve a Molière. Éxito de tres meses de *Sganarelle ou le Cocu imaginaire.* Demolición del Petit-Bourbon. El rey le concede el teatro del Palais Royal.

Boda de Luis XIV con la española María Teresa.

El monarca ordena quemar las *Provinciales* de Pascal. Condena del jansenismo por el clero de Francia, reunido en asamblea.

1661 – Fracaso de *Dom Garcie de Navarre*. Estreno de la primera comedia-ballet de Molière, *Les Fâcheux*.

Muerte de Mazarino. Caída de Fouquet en noviembre, y ascenso de Colbert.

1662 – Matrimonio de Molière con Armande Béjart. Estreno el 26 de diciembre de *La escuela de las mujeres*. Publicación de unas *Œuvres de Monsieur Molière*.

1663 – En medio de la querella provocada por la pieza anterior, Molière estrena *La crítica de La escuela de las mujeres*. En noviembre, Montfleury eleva una denuncia al rey acusando a Molière de haberse casado con la hija después de haberse acostado, en otro tiempo, con la madre.

1664 – Nacimiento el 28 de febrero del primer hijo de Molière, Louis Poquelin, que tendrá por padrino al rey y por madrina a la esposa de Monsieur; morirá el 10 de noviembre. Tras la representación de su *Casamiento a la fuerza,* en el Louvre, en los apartamentos de la reina madre, queda consagrado como poeta de corte. En abril-mayo, durante unas fiestas ofrecidas al rey en Versalles con el título de *Los placeres de la isla encantada,* Molière escribe el guión de *La princesa de Élide* (8 de mayo) y estrena *El Tartufo o el Hipócrita,* (12 de mayo, en tres actos) que desde abril trataba de prohibir la Compañía del Santo Sacramento.

1 de agosto: el párroco de Saint-Barthélemy, Pierre Roullé, publica *El Rey glorioso del mundo,* donde se ataca con violencia al autor de *El Tartufo.* Molière responde con un primer memorial al monarca.

29 de noviembre: en Raincy, en casa de la princesa Palatina, se da un *Tartufo* en cinco actos, a petición de Condé.

Condena de Fouquet. Movimientos contra los teatros en Toulouse y diversas provincias.

1665 – Pese a la persistencia de la querella por *El Tartufo,* que el estreno de *Don Juan* (15 de febrero) no hace sino envenenar, Molière sigue sirviendo comedias-ballet para la corte. Tras quince representaciones, *Don Juan* desaparece del repertorio.

Luis XIV permite a Molière que la compañía lleve el nombre de *"Troupe del rey"* en el Palais Royal, con una pensión de 7.000 libras. Racine quita a Molière su obra *Alexandre,* que había estrenado el 4 de diciembre, para entregársela unos días después a los cómicos rivales del Hôtel de Bourgogne. Molière enferma gravemente durante dos meses, y su compañía deja de actuar.

1666 – Estreno de *El misántropo* en el Palais Royal. La querella de la moralidad del teatro, que había empezado el año anterior, ataca directamente a Molière. Aparición de *Disertación sobre la condena del teatro,* del abate D'Aubignac, y del *Tratado de la comedia,* del príncipe de Conti, que había muerto en febrero.

1667 – El 16 de abril corre por París el rumor de que Molière "está en las últimas".

5 de agosto: representación de *El Impostor.* Prohibición inmediata del presidente Lamoignon, y condena de sus representaciones, públicas o privadas, por el arzobispo Hardouin de Péréfixe, mientras los actores La Grange y La Thorillière viajan a Lille con el segundo memorial de Molière para Luis XIV.

20 de agosto: *Carta sobre la comedia de El Impostor,* defensa anónima de la pieza de Molière.

Tratado de Aix-la-Chapelle con España. La Paz de la Iglesia solventa las dificultades religiosas, y supone el final de la lucha con el jansenismo.

1668 – Estrenos de *Amphytrion* (13 de enero), de *George Dandin, ou le Mari confondu* (18 de julio) y de *El Avaro* (9 de septiembre).

1669 – Representación pública y definitiva de *El Tartufo o el Impostor* el 5 de febrero en el Palais Royal, día en el que Molière escribe su último memorial de agradecimiento al monarca. Dos meses más tarde, el 23 de marzo, se acaba de imprimir *El Tartufo*. Estreno de *Monsieur de Pourceaugnac* (octubre).

1670 – Estrenos de *Les Amants magnifiques* (febrero) y de *El burgués gentilhombre* (14 de octubre). Con privilegio de 19 de noviembre de 1669, en este año aparece en París *La Critique du Tartuffe,* comedia anónima con una *Carta satírica sobre El Tartufo escrita por el autor de La Crítica*.

1671 – Estrenos de *Psyché,* de *Les Fourberies de Scapin* y de *La Comtesse d'Escarbagnas* (ésta en honor del matrimonio de Monsieur con la princesa Palatina).

1672 – Madeleine Béjart nombra a Armande su heredera universal, antes de morir, el 17 de febrero. Molière alquila en julio una casa en la calle de Richelieu, y la decora lujosamente para vivir en ella solo con Armande. Estreno de *Las mujeres sabias* (11 de marzo).

Privilegio del rey para Lully autorizándole a crear una academia real de música y prohibiendo que se canten versos en música sin su permiso. Tras protestar, Molière consigue autorización para la *troupe* de emplear seis cantantes y doce instrumentos. Pero el 22 de abril, Lully logra el revocamiento de ese permiso: se autorizan al cómico dos cantantes y seis instrumentos, con prohibición expresa de emplear bailarines y orquesta. Nacimiento de Pierre Jean Baptiste, tercer hijo de Molière, que será enterrado a los doce días.

1673 – 10 de febrero: estreno de *El enfermo imaginario,* con música de Marc-Antoine Charpentier; durante la cuarta representación, el día 17, Molière, que hace el papel de Argan, se siente indispuesto; trasladado a casa, muere una hora después. El párroco de Saint-Eustache le niega sepultura en tierra cristiana. Tras una gestión de Armande ante Luis XIV, el cómico será inhumado de noche, en el cementerio Saint-Joseph. Del 13 al 21 de marzo se hace el inventario de sus bienes.

La *troupe* de Molière y la del teatro del Marais trabajan a partir de julio en el teatro del Hôtel Guénégaud. Esa nueva compañía se fusionará con la del Hôtel de Bourgogne para constituir la Comédie Française en 1680.

1682 – Se imprimen *Les Œuvres de monsieur de Molière,* revisadas, corregidas y aumentadas en cuatro volúmenes, al cuidado, al parecer, de La Grange y Vivot. En octubre saldrán a la luz pública dos tomos más con las obras todavía inéditas.

# BIBLIOGRAFÍA

*Textos de Molière*

MOLIÈRE, Jean-Baptiste Poquelin, dit, *Œuvres* anotadas por Maurice Rat, París, Bibliothèque de la Pléiade, 1933.

MOLIÈRE, *Œuvres complètes*, textes établis, présentés et anotés par Georges Couton, París, Gallimard, Bibliothèque de la Pléiade, 1971, 2 vols. [Edición revisada de 1976, reimpresión de 1983.]

MOLIÈRE, *Les précieuses ridicules*, Édition présentée, annotée et commentée par Denis A. Canal, París, Classiques Larousse, 1990.

MOLIÈRE, *Les Femmes savantes*, éd. de Fernand Anguié, París, Bordas, 1961.

MOLIÈRE, *Les Femmes savantes*, Preface de Jean Piat. Commentaires et notes de Michel Lagier, París, Le Livre de Poche, 1986.

MOLIÈRE, *Les Femmes savantes*, éd. de Édouard Bessière, París, Classiques Larousse, 1990.


*Generalidades*

ADAM, Antoine, *Histoire de la littérature française au XVIIᵉ siècle*, t. III, París, Domat, 1952.

ALLIER, Raoul, *La cabale des dévots*, París, 1902 [reed. 1970].

BÉNICHOU, Paul, *Morales du Grand Siècle*, París, Gallimard, 1948.

BONVALLET, Pierre, *Molière de tous les jours*, Le Pré aux Clercs, 1985.

DAINVILLE, François de, *L'Éducation des Jésuites*, textes réunis et présentés par M. Compère, Service Histoire de L'Education, NRP, París, Éditions de Minuit, 1978.

DESPOIS, Eugène, *Le Théâtre français sous Louis XIV*, Librairie Hachette, 1874.

GARAPON, R., *Le Dernier Molière, des Fourberies de Scapin au Médecin imaginaire*, SEDES, 1977.

JURGENS, Madeleine Y MAXFIELD-MILLER, Elizabeth, *Cent ans de recherches sur Molière, sur sa famille et sur les comédiens de sa troupe*, Imprimerie nationale, París, 1963.

SIMON, Alfred, *Molière par lui-même*, París, Seuil, 1957.

SOULIÉ, Eudoré, *Recherches sur Molière et sa famille*, .

YOUNG, E.-B. y G.-F., *Le Registre de La Grange, fac-similé*, París, Droz, 1947.

## Documentación histórica

CHAMFORT, *Eloge de Molière, discours qui a remporté le prix de l'Académie française en 1769*, París, Veuve Regnard.

CROIX, Philippe de, *La Guerre comique ou la Défense de l'École des femmes*, publiée avec privilège du Roi, chez Pierre Bienfait, dans la grande salle du Palais, du côté de la cour des Aides à l'Image Saint-Pierre, París, 1664.

GRIMAREST, Jean-Léonor Le Gallois, sieur de, *La Vie de Monsieur de Molière*, 1705, en *Œuvres complètes de Molière*, París, Seuil, 1963.

TALLEMANT DES RÉAUX, *Historiettes*, París, Bibl. de la Pléiade, Gallimard, tomo I, 1960-1961, édition établie par Antoine Adam.

## Obras sobre Molière, "Las preciosas ridículas" y "Las mujeres sabias"

ALBANESE, Ralph Jr., *Le Dynamisme de la peur chez Molière: une étude socioculturelle de "Dom Juan", "Tartuffe" et "L'École des femmes"*, University of Mississippi, Romance Monographs Inc., 1976.

BÉGOU, Georges, *Le Prince et le Comédien*, Lattès, 1985.

BORDONOVE, Georges, *Molière génial et familier*, Bordas, 1964, (Laffont, 1967).

BRAY, René, *Molière, homme de théâtre*, París, Mercure de France, 1972.

Cairncross, John, *Molière,* Ginebra, Droz, 1956.

—, *Molière, bourgeois et libertin,* Librairie Nizet, 1963.

Collinet, J.-P., *Lectures de Molière,* París, Armand Colin, 1974.

Conesa, Gabriel, *Le Dialogue moliéresque. Étude stylistique et dramaturgique,* París, P.U.F., 1983.

Corvin, Michel, *Molière et ses metteurs à scène d'aujourd'hui. Pour une analyse de la représentation,* Lyon, 1985.

Cotarelo y Mori, "Traductores castellanos de Molière", en *Homenaje a Menéndez Pelayo,* Madrid, 1899.

Chevalley, Sylvie, *Molière,* monografía con textos de Brisson, Chancerel, Dussane, Loiselet, Mongrédien, Comédie-Française, París, Bonnassier, 1963

—, *Molière et son temps,* Ginebra, Minkoff, 1973.

—, *Dossier Molière, Planches,* Ginebra, Minkoff, 1973.

Defaux, Gérard, *Molière, ou les Métamorphoses du comique: de la comédie morale au triomphe de la folie,* Lexington, 1980.

Descotes, Maurice, *Les Grands Rôles du théâtre de Molière,* P.U.F., 1960.

—, *Molière et sa fortune littéraire,* Dacros, 1970.

Gómez de la Serna, J., "Introducción a *Obras completas* de Molière", Madrid, Aguilar, 1961.

Guicharnaud, Jacques, *Molière, une aventure théatrale,* París Gallimard, NRF, 1963.

Gutwirth, Marcel, *Molière ou l'invention comique,* París, Lettres modernes, Situation, 1966.

Hall, H. Gaston, *Comedy in Context: Essays on Molière,* Jackson, 1984.

Jouvet, Louis, *Conférences,* septiembre de 1937.

—, *Molière et la comédie classique,* extrait des cours de Louis Jouvet au Conservatoire, 1939-1940, Collection pratique du théâtre, París, Gallimard, 1965.

—, *Réflexions d'un comédien,* Río de Janeiro, 1941.

Mallet, Francine, *Molière,* París, Bernard Grasset, 1986.

Michaut, Gustave, *Jeunesse de Molière; Les Débuts de Molière; Les Luttes de Molière* (3 vols.), Hachette, 1923-1925.

—, *Pascal, Molière, Musset, Essai critique et psychologique,* París, Alsatia, 1942.

Mongrédien, Georges, *Les Grands Comédiens du xvii$^e$ siècle,* París, 1927.

—, *La Vie privée de Molière,* París, Hachette, 1950.

—, *La Vie quotidienne des comédiens au temps de Molière,* París, Hachette, 1950.

—, *Recueil de textes et de documents du XVII<sup>e</sup> siècle relatifs à Molière,* París, 1973.

REYNIER, G., *Les Femmes savantes,* Paris, Mellottée, 1937.

TRUCHET, J, *La Thématique de Molière,* SEDES, 1985.

VÉZINET, F., *Molière et la littérature espagnole,* París, Hachette, 1909.

VITEZ, Antoine, *Le Théâtre des Idées,* París, Gallimard, 1991.

VOLTAIRE, dit François-Marie Arouet, *Vie de Molière,* París, Imprimerie nouvelle, A. Mangeot, 1739.

—, *Mélanges,* 1763, Préface d'Emmanuel Berl, textes établis et annotés par Jacques Van den Heuvel, París, Gallimard, Bibliothèque de la Pléiade, 1961.

—, *Le Siècle de Louis XIV,* textes établis et annotés par Jacques Van den Heuvel, París, Gallimard, Bibliothèque de la Pléiade.

*Artículos y estudios en publicaciones periódicas*

*Revue d'histoire littéraire de la France,* septiembre-diciembre de 1972. Trallage J.N., «Notes et documents sur l'histoire du théâtre de París», extraits pour le bibliophile Jacob, Nouvelle collection moliériste; Rochot B., «Le cas Gassendi», XI~VII. 1947.

*Revue de Paris,* 1 de mayo de 1901, Lanson-Jouanny, «Molière et la France»; 15 de enero de 1922, Lanson-Jouanny, «Le rire de Molière».

*Le Moliériste,* revista en 10 volúmenes, dirigida por G. Monval.

*La Pensée universitaire,* Aix-en-Provence, 1958; Emelina, J., «Les valets et les servantes dans le théâtre de Molière».

*Théâtre,* Cahier IV, Chancerel, Léon, «Molière et ses camarades italiens», éditions du Pavois, 1945.

# LAS PRECIOSAS RIDÍCULAS

*Comedia*
representada por primera vez
en el Teatro del Petit-Bourbon,
el 18 de noviembre de 1659
por la Compañía de Monsieur, Hermano
Único del Rey

Molière en el papel de Mascarilla, pintura sobre mármol
de Abraham Bosse (1602-1676)

# PREFACIO

Cosa rara es que impriman a la gente a pesar suyo. No veo nada más injusto, y antes perdonaría cualquier otra violencia que ésa[1].

No es que quiera hacerme pasar aquí por autor humilde y despreciar por modestia mi comedia. Ofendería sin venir a cuento a todo París si le acusara de habérsele ocurrido aplaudir una tontería: como el público es juez absoluto de este tipo de obras, sería impertinencia por mi parte desmentirle; y aunque hubiera tenido la peor opinión del mundo sobre mis *Preciosas ridículas* antes de su representación, debo creer ahora que algo valen, dado que tantas personas juntas han hablado bien de ella. Mas como gran parte de las gracias que en ella se han encontrado dependen de la acción y del tono de voces, me parecía importante que no las despojaran de esos adornos; y encontraba que el éxito logrado en las representaciones era suficientemente hermoso como para quedar en eso. Había resuelto, digo, mostrarlas sólo a la luz de la candela para no dar a nadie ocasión de decir el refrán[2]; y no quería que saltasen del teatro de

---

[1] El tópico responde en esta ocasión a hechos reales; el 12 de enero de 1660, el librero Jean Ribou había obtenido un privilegio para editar *Les Précieuses ridicules* y *Les Véritables Précieuses*. Molière y su editor De Luynes sacaron inmediatamente otro, con fecha 19 del mismo mes, consiguiendo la recusación del privilegio anterior.

[2] *Chandelle*, en francés designa, además de "candela", las candile-

Bourbon a la Galería del Palais[3]. No he podido evitarlo sin embargo, y he sufrido la desgracia de ver en manos de libreros una copia robada de mi obra, acompañada por un privilegio conseguido. Aunque he gritado: "¡Oh tiempos, oh costumbres![4]", se me ha demostrado la necesidad en que me hallaba de imprimirla, o tener un proceso[5]; y este último mal es peor todavía que el primero. Por tanto hay que dejarse llevar por el destino, y consentir en algo que no dejarían de hacer sin mí.

¡Qué raro apuro, Dios mío! ¡Que haya que sacar un libro a la luz, y que un autor sea novato la primera vez que le imprimen! Y si al menos me hubieran dado tiempo, habría podido pensar mejor en mí y habría tomado todas las precauciones que los señores autores, ahora colegas míos, suelen tomar en tales ocasiones. Además de algún gran señor al que me habría dirigido para, a pesar suyo, tomarle por protector de mi obra, y cuya liberalidad habría tentado con una epístola dedicatoria muy florida[6], habría tratado hacer un bello y docto pre-

jas; de ahí el juego de Molière con las palabras. En cuanto al refrán a que alude: "*Chandelle* se dice proverbialmente en estas palabras: 'esa mujer es hermosa *à la chandelle*, pero la luz del día echa todo a perder', queriendo decir que la luz permite descubrir fácilmente los defectos" (Furètiere).

[3] La obra se representó en el teatro del Petit-Bourbon, y ahora iba a pasar, en forma de libro, a la Galería del Palais de Justicia, donde tenían tienda abierta varios libreros, entre ellos De Luynes. Corneille convirtió ese espacio en escena de su pieza *La Galerie du Palais* (1634).

[4] "*O tempora, o mores!*", expresión muy divulgada que procede de la exclamación de Cicerón en sus *Catilinarias*, I, 1, 2.

[5] Aunque con la rapidez de la impresión Molière creía evitado el proceso, éste se produjo; el librero Ribou, a través de un hombre de paja llamado Somaize, obtuvo un privilegio el 3 de marzo de 1660 para una traducción en verso de "*Les Précieuses ridicules*, comedia representada en el Petit-Bourbon, nuevamente puesta en verso" (colofón del 12 de abril), editada por J. Ribou. En el prólogo de esa edición se atacaba a Molière, pero el proceso no le afectó; enfrentó a los dos libreros, que llegaron a un acuerdo.

[6] La ironía del párrafo es evidente; Molière nunca se mostró ama-

facio; pues no me faltan libros que me habrían proporcionado cuantas cosas cultas pueden decirse sobre la tragedia y la comedia, la etimología de ambas, su origen, su definición y lo demás. También habría hablado con mis amigos, que no me habrían negado, para ensalzar mi obra, versos franceses o versos latinos. Los tengo incluso que me habrían alabado en griego, y nadie ignora que una alabanza en griego es de maravillosa eficacia a la cabecera de un libro. Pero me sacan a la luz sin darme tiempo a reconocerme[7]; y no puedo siquiera lograr la libertad de decir dos palabras para justificar mis intenciones sobre el tema de esta comedia. Me habría gustado demostrar que está, en su totalidad, dentro de los límites de la sátira honesta y permitida; que las cosas más excelentes están sujetas a ser copiadas por malos monos que merecen ser manteados; que esas viciosas imitaciones de lo que hay más perfecto desde siempre han sido materia de la comedia; y que, así como a los verdaderos sabios y a los verdaderos valientes no se les ocurre ofenderse con el Doctor de las comedias ni con el Capitán, ni a jueces, príncipes y reyes viendo a Trivelín[8] o algún otro sobre la escena haciendo ridículamente el juez, el príncipe o el rey, así las verdaderas preciosas harían mal ofendiéndose cuando aparecen en el teatro las ridículas que las imitan mal. Pero, en fin, como he dicho, no me dejan tiempo ni para respirar, y el señor De Luynes quiere llevarme a encuadernar ahora mismo: ¡sea en buen hora, puesto que Dios lo ha querido!

---

ble con los literatos; aquí parece apuntar a Corneille, que había dedicado su *Horace* al cardenal de Richelieu y su *Cinna* al financiero Montoron.

[7] El privilegio es del 19 de enero de 1660, y según el colofón se acabó de imprimir el día 29 del mismo mes.

[8] Personajes de la comedia italiana, como Arlequín, Pierrot o Colombina; en cuanto a Trivelín, era el sobrenombre de un bufón de la comedia *dell'arte* llamado Dominique Locatelli, que había trabajado en el Petit-Bourbon en 1653.

## PERSONAJES

LA GRANGE  
DU CROISY  } amadores rechazados[1]

GORGIBUS[2], buen burgués  
MADELÓN[3], hija de Gorgibus  
CATHOS[4], sobrina de Gorgibus

---

[1] Son los nombres de dos actores de la compañía de Molière. Charles Varlet (1635-1692), conocido como La Grange, entró en ella con veinte años en 1659, no sólo como actor, sino también como ecónomo y secretario de la compañía, cuyo *Registro,* de valor incalculable para el conocimiento de su historia entre 1659 y 1685, llevó. Amigo fiel del comediógrafo, sirvió a sus deseos, representó y defendió a la *troupe* en la corte y en distintos procesos, y en 1682 editó las obras de Molière. "Aunque su talla no pasa de mediana, está bien proporcionado, tiene un aire libre y desenvuelto, y sin oírle hablar su persona agrada mucho. Pasa, con justicia, por ser bonísimo actor, tanto para lo grave como para lo cómico, y no hay papel que no ejecute muy bien."

Philibert Gassot (c. 1626-1695), llamado Du Croisy, entró en la compañía en 1659 para no abandonarla hasta 1689, fecha en que se retiró a su aldea natal, Conflans-Saint-Honorine; antes de conocer a Molière había dirigido una compañía de provincias. Los datos que sobre él tenemos permiten suponerle un actor sin genio, pero buen conocedor del oficio; el mayor papel que interpretó fue el de Tartufo.

[2] Nombre de un empresario de transportes, vecino de Molière entre 1658 y 1660, además de nombre de un personaje turbio, confidente de la policía, que estuvo envuelto en una conspiración policial durante la Fronda. Aparece como personaje desde la primera obra de Molière, *La jalousie du barbouillé,* y fue encarnado por el actor L'Espy, hermano de Jodelet (véase nota 8), al menos a partir de 1659.

[3] Se ha propuesto el nombre de Madeleine Béjart como el de la actriz que representó a este personaje. Fue amante de Molière, a quien aventajaba en edad (bautizada en 1618) y años de profesión.

[4] Catherine Leclerc du Rosé (c. 1630-1706), conocida como Cathe-

Marieta[5], criada de las Preciosas ridículas
Almanzor[6], lacayo de las Preciosas ridículas
El Marqués de Mascarilla[7], criado de La Grange
El Vizconde de Jodelet[8], criado de Du Croisy
Dos portadores de silla de mano
Vecinas
Violines

---

rine de Brie, ya figuraba en 1650 entre los cómicos de la compañía, en la que seguirá hasta el final, especializándose en papeles de ingenua: la Agnès de *La escuela de las mujeres,* la Mariana del *Tartufo,* la Armanda de *Las mujeres sabias,* etc. Grimarest y algunos folletos de la época contrarios a Molière le reprocharon haber sido amante de éste antes de su casamiento con Armande Béjart.

[5] En francés, Marotte, diminutivo de Marie. Probablemente se trataba de Marie Ragueneau, hija del poeta-pastelero al que se conoce, más que por sus versos, por la caricatura que de él hizo, dos siglos más tarde, Edmond Rostand en *Cyrano de Bergerac.* En 1672 se casó con La Grange.

[6] Nombre novelesco, procedente al parecer de la novela de 4.409 páginas *Polexandre* (1632-1637), de Martin Le Roy de Gomberville.

[7] Nombre farsesco que aparece en *L'Étourdi* por vez primera; el término procede del español *máscara,* aunque también en italiano está atestiguado un *mascarati* no empleado en la actualidad. Bajo ese nombre, Molière se creó para sí mismo un tipo de criado o de viejo algo ridículo pero lleno de sentido común. Parece comprobado que Molière representaba a este personaje con máscara. Hay testimonios, como el de Christian Huyghens, según los cuales vieron a Molière utilizando máscara precisamente en *Las preciosas ridículas.* (Hl. Brugmans, *Journal de Voyage de Christian Huyghens).*

[8] Julien Bedeau (c. 1590-1660), famoso con el nombre de Jodelet, está considerado como el mayor actor cómico de la primera mitad del siglo XVII en Francia (hizo el criado de *Le Menteur* de Corneille y de la continuación del *Menteur,* por ejemplo), hasta el punto de que las piezas escritas para él llevaban su nombre: *Jodelet ou le maître valet, Jodelet souffleté,* de Scarron, *Jodelet prince,* de Thomas Corneille, etc. Empezó a trabajar como actor en 1603; hacían las delicias del patio su voz gangosa, su cara enharinada y las bromas picantes; creó un tipo de criado trapacero, vago, cobarde y tragón. En 1659 se unió a la compañía de Molière por poco tiempo, porque murió al año siguiente (27 de marzo de 1660). Su palidez no se debía a la cara enharinada solamente: una sífilis mal curada le hacía hablar además por la nariz, según cuenta en sus *Historiettes* Tallemant. De ahí la comicidad de una de las réplicas que siguen a su presentación en *Las preciosas;* se habla de una enfermedad que le ha hecho empalidecer: "Frutos son de las vigilias de la corte y de las fatigas de la guerra" (escena XI).

[ACTO ÚNICO]

ESCENA PRIMERA

La Grange, Du Croisy

Du Croisy.— Señorito La Grange...

La Grange.— ¿Qué queréis?

Du Croisy.— Miradme y no os riáis.

La Grange.— ¿Y bien?

Du Croisy.— ¿Qué decís de nuestra visita? ¿Habéis quedado satisfecho?

La Grange.— En vuestra opinión, ¿tenemos motivos para estarlo alguno de los dos?

Du Croisy.— A decir verdad, ninguno.

La Grange.— Por lo que a mí se refiere, os confieso que estoy muy escandalizado. Decidme, ¿se ha visto alguna vez a dos bobas[1] provincianas hacerse más las desdeñosas que éstas, y a dos hombres tratados con más desprecio que nosotros? Pues no les ha costado ni nada decidirse a ordenar que nos ofrecieran unas sillas. Nunca he visto cuchichear tanto al oído como han

---

[1] *"Pecques"*: Término que ha merecido más de una explicación: *"Pec,* arenque recientemente salado... se dice a veces, por injuria, a una mujer que es una *pecque* para significar que es una indiscreta" (Furetière); para otros sería abreviatura de *"pécore,* boba, estúpida, que tiene dificultades para pensar algo" (Furetière). Para el *Dict. de l'Acad* (1694), *pécore* sería un término injurioso y despectivo "que se dice de una mujer necia, impertinente y que se deja embaucar".

[71]

hecho entre sí, ni tanto bostezar, ni tanto restregarse los ojos, ni preguntar tantas veces: "¿Qué hora es?" ¿Han respondido algo más que sí o no a cuanto hemos podido decirles? ¿Y no me confesaréis, en fin, que, aun siendo las personas más miserables del mundo, no podía tratársenos peor de como lo hemos sido?

Du Croisy.— Me parece que os lo tomáis demasiado a pecho.

La Grange.— Desde luego que así lo tomo, y tanto que quiero vengar la impertinencia. Sé lo que nos ha hecho despreciables. El aire precioso no ha infectado París únicamente, también se ha difundido por provincias, y nuestras doncellas ridículas han aspirado su buena ración. En una palabra, su persona es una ensalada[2] de preciosa y de coqueta. Ya veo lo que hay que ser para ser bien recibido; y si me hacéis caso, ambos les jugaremos una buena pasada que les hará ver su necedad y podrá enseñarlas a conocer un poco mejor su mundo.

Du Croisy.— ¿Y cómo haremos?

La Grange.— Tengo yo cierto criado, llamado Mascarilla, que en opinión de muchos pasa por algo así como persona instruida; porque ahora no hay nada tan barato como el ingenio. Es un extravagante a quien se le ha metido en la cabeza querer hacerse el hombre de condición[3]. Suele preciarse de galantería y de versos, y desprecia a los demás criados hasta llamarlos animales.

Du Croisy.— Bueno, y ¿qué pretendéis hacer con él?

La Grange.— ¿Qué pretendo hacer con él? Es menester... Mas salgamos antes de aquí.

---

[2] *"Ambigu":* es una colación mechada donde se sirven juntas la carne y la fruta, de suerte que se duda si es una simple colación o una cena" (Furetière). Por "preciosa" el mismo diccionario entiende "mujeres de gran mérito y gran virtud que conocían bien la sociedad y la lengua", mientras que las coquetas "tratan de comprometer a los hombres y no quieren comprometerse" (Furetière).
[3] Hay una diferencia entre el hombre de "calidad" —que es un personaje dentro el Estado—, y el hombre de "condición", menos importante, aunque también está lejos de pertenecer al "común".

## ESCENA II

GORGIBUS, DU CROISY, LA GRANGE

GORGIBUS.— Bueno, ya habéis visto a mi sobrina y a mi hija; ¿cómo van las cosas? ¿Qué resultado ha tenido la visita?

LA GRANGE.— Mejor podréis saberlo por ellas que por nosotros. Lo único que podemos deciros es que os agradecemos el favor que nos habéis hecho, y quedamos vuestros muy humildes servidores.

[DU CROISY.— Vuestros muy humildes servidores.]⁴

GORGIBUS.— ¡Vaya! Parece que salen poco satisfechos. ¿De dónde puede venir su descontento? He de enterarme de lo que ocurre. ¡Hola!

## ESCENA III

MARIETA, GORGIBUS

MARIETA.— ¿Qué deseáis, Señor?

GORGIBUS.— ¿Dónde están vuestras amas?

MARIETA.— En su gabinete⁵.

GORGIBUS.— ¿Qué hacen?

MARIETA.— Pomada para los labios.

GORGIBUS.— Mucho pomadean ésas... Decidles que bajen. Me parece que, con sus pomadas, estas granujas

---

⁴ Fórmula irónica: un gentilhombre da las gracias a un burgués. Entre corchetes aparecen añadidos y acotaciones de interés pertenecientes a la edición de las *Preciosas* de 1682.

⁵ "El lugar más apartado en el aposento más hermoso de las grandes casas" (Furetière, 1690). "Lugar en una casa donde están los libros o alguna otra cosa según la profesión o el humor de la persona que vive en ella" (*Dict. de l'Academie,* 1694); en el siglo XIX ese lugar recibirá el nombre de *boudoir.*

quieren arruinarme. Por todas partes no veo más que claras de huevo, leche virginal[6] y otras mil fruslerías que no conozco. Desde que estamos aquí han gastado el tocino[7] de una docena de cerdos por lo menos, y cuatro criados vivirían todos los días con las patas de carnero que ellas usan.

## ESCENA IV

### Madelón, Cathos, Gorgibus

Gorgibus.— Muy necesario es realmente hacer tanto gasto para engrasaros el morro. Decidme, si no es molestia, ¿qué les habéis hecho a esos señores para que los vea salir con tanta frialdad? ¿No os había ordenado recibirlos como a personas que yo quería daros por maridos?

Madelón.— ¿Y qué estima, padre mío, queréis que hagamos del irregular proceder de esa gente?

Cathos.— ¿Qué medio hay, tío mío, para que una joven algo razonable pueda avenirse con sus personas?

Gorgibus.— ¿Tenéis algo que reprocharles?

Madelón.— ¡Bonita galantería la suya! ¿Cómo? ¡Empezar primero por el matrimonio!

Gorgibus.— ¿Y por dónde quieres que empiecen? ¿Por el concubinato? ¿No es un proceder del que ambas tenéis motivo para felicitaros tanto como yo? ¿Hay algo más cortés? Y ese vínculo sagrado al que aspiran, ¿no es testimonio de la honestidad de sus intenciones?

Madelón.— ¡Ay, padre mío! Lo que decís es propio

---

6 "Cierto licor para blanquear las manos y la cara... compuesto de dos aguas: litargirio de oro... y sal gema o alumbre de roca... También se hace con agua de nenúfar, de litargirio de plata y un poco de albayalde" (Furetière).

7 Se utilizaba en la preparación de cremas de belleza, bajo el nombre culto de *lanolina*.

del más redomado burgués. Me da vergüenza oíros hablar así, y alguien debería enseñaros el aire elegante de las cosas.

GORGIBUS.— Me importa un bledo el aire y la canción. Te repito que el matrimonio es una cosa santa y sagrada, y que empezar como han hecho es obrar como personas honestas.

MADELÓN.— Dios mío, si todo el mundo fuera como vos, ¡qué pronto se acabaría una novela! ¡Linda cosa sería que Cyrus empezara casándose con Mandane, y Aronce se casara de buenas a primeras con Clélie![8]

GORGIBUS.— Pero ¿qué cuentos me están contando éstas?

MADELÓN.— Padre mío, ahí está mi prima, que os dirá, tan bien como yo, que el matrimonio nunca debe producirse sino después de las demás aventuras. Para ser agradable, es preciso que un enamorado sepa declamar bellos sentimientos, expresar lo dulce, lo tierno y lo apasionado, y que su persecución se atenga a las formas. En primer lugar, debe ver en el templo[9], o en el paseo, o en alguna ceremonia pública, a la persona de la que se enamora; o bien ser fatalmente guiado a casa de la mujer por un pariente o amigo, y salir de ella completamente soñador y melancólico. Durante algún tiempo oculta su pasión al objeto amado, pero le hace, sin embargo, varias visitas, en las que nunca deja de ponerse sobre el tapete un tema galante que pone a prueba el ingenio de los reunidos[10]. Llega el día de la declaración,

---

[8] *Artamène ou le grand Cyrus*, novela de Mlle. de Scudéry, se publicó en diez volúmenes entre 1649 y 1653: al año siguiente comenzó a editarse *La Clélie*, de la misma autora, en otros diez volúmenes concluidos en 1660. Ambas eran novelas de iniciación amorosa, con personajes que seguían fielmente las reglas y normas del amor "precioso".

[9] El término "église" no se empleaba en escena por respeto: Molière sólo lo utilizará una vez, en *El Tartufo* (verso 525). Por otro lado, los clásicos preferían el término más general de *temple*, propio además del estilo elevado, al término particular.

[10] Las visitas se hacían de las 2 a las 5 de la tarde; luego venía la

que ordinariamente debe hacerse en la alameda de algún jardín, cuando los acompañantes están algo apartados; y esa declaración va seguida de un rápido enojo, que se muestra en nuestro rubor, y que durante algún tiempo destierra al amante de nuestra presencia. Luego él halla medio de aplacarnos, de acostumbrarnos insensiblemente al discurso de su pasión, y de sacar de nosotras esa confesión que tanto esfuerzo cuesta. Más tarde vienen las aventuras: los rivales que se interponen en una inclinación decidida, las persecuciones de los padres, los celos concebidos por falsas apariencias, las quejas, las desesperaciones, los raptos[11], y lo que después sigue[12]. Así se hacen las cosas de acuerdo con los buenos modales, que son reglas éstas de las que, en buena galantería, no se puede uno librar. Pero llegar de buenas a primeras a la unión conyugal, cortejar a una mujer sólo cuando se firma el contrato del matrimonio, y coger precisamente la novela por la cola..., os lo repito, padre mío, no hay nada más vulgar que un proceder semejante; siento náuseas a la sola visión que eso me produce.

GORGIBUS.— ¿Qué diablo de jerigonza estoy oyendo? ¡Eso sí que es estilo elevado!

CATHOS.— En efecto, tío, mi prima da en la verdad del asunto. ¿Qué medio hay de recibir bien a gentes que son completamente incongruos en galantería? Apostaría que nunca han visto el mapa de Ternura[13], y que Billetes

---

merienda, para cenar a las 8 y terminar con la *assemblée* o reunión, para la que cursaba invitaciones la dueña de la casa.

[11] La enumeración de *rivales, persecuciones, celos...* es progresiva y sigue los pasos de las novelas de la época. Según Furetière, en lugar de decir: "Voy por el tomo octavo" de una novela, se decía: "Voy por el octavo rapto."

[12] Expresión despectiva para indicar el matrimonio.

[13] El Mapa de Ternura *(Carte de Tendre)* figuraba en el primer volumen de la *Clélie*, de Mlle. de Scudéry, y causó furor a raíz de esa novela, aunque la diversión ya se conocía en tiempos del *Roman de la Rose*. Sintetizaba el camino que debían seguir los enamorados del

de Amor, Delicadezas, Billetes Galantes y Lindos Versos son tierras ignotas para ellos. ¿No veis que toda su persona lo indica, y que no tienen ese aire que da desde el principio buena opinión de la gente? ¿A quién se le ocurre venir de visita amorosa con una pernera completamente lisa[14], un sombrero desarmado de plumas, una cabeza irregular en pelo y un traje que sufre indigencia de cintas? Dios mío, ¿qué amantes son ésos? ¡Qué frugalidad de atavío y qué sequedad de conversación! ¡Ni se soporta ni se aguanta! He observado además que sus golillas no son de buena factura y que es menester más de medio pie largo para que sus calzas sean suficientemente anchas.

GORGIBUS.— Creo que están locas estas dos, no entiendo nada de esa jerga. Cathos, y vos, Madelón...

MADELÓN.— Por favor, padre mío, deshaceos de esos nombres extranjeros y llamadnos de otro modo.

GORGIBUS.— ¿Qué nombres extranjeros? ¿No son vuestros nombres de pila?

MADELÓN.— ¡Dios mío, qué vulgar sois! Por lo que a mí atañe, uno de mis asombros es que hayáis podido tener una hija tan inteligente como yo. ¿En el estilo elegante se ha hablado alguna vez de Cathos o de Madelón? ¿Y no admitiréis que bastaría uno de esos nombres para desprestigiar la novela más bella del mundo?

CATHOS.— Ésa es la verdad, tío: un oído algo delicado sufre furiosamente al oír pronunciar esas palabras; y el nombre de Polixena[15] que mi prima ha elegido, y el de

---

país de la Ternura para culminar su pasión de acuerdo con las normas "preciosas". Villas y poblaciones como Billetes Galantes, Delicadezas, etc., son las etapas obligadas de ese trayecto.

[14] Sin los "cañones" impuestos por la moda.

[15] Tomado de *Polixène,* (1632), título de una novela de François Molière d'Essertines, de quien nuestro dramaturgo tomó su pseudónimo. Cathos coge el nombre Aminta de un personaje, confidente de Alcidiane, de la novela *Polexandre* (1632-1637), de Martin le Roy de Gomberville.

Aminta, que yo me he dado, tienen una gracia con la que es preciso que estéis de acuerdo.

GORGIBUS.— Escuchad, que bastan dos palabras: no comprendo que tengáis otros nombres que los que os dieron vuestros padrinos y madrinas; y en cuanto a los caballeros de que hablamos, conozco a sus familias y sus bienes, y exijo absolutamente que os dispongáis a recibirlos por maridos. Estoy cansado de llevaros en brazos, que la guarda de dos doncellas es carga demasiado pesada para un hombre de mi edad.

CATHOS.— Por lo que a mí respecta, tío, lo único que puedo deciros es que el matrimonio me parece algo muy chocante. ¿Cómo se puede aguantar la idea de acostarse junto a un hombre realmente desnudo?

MADELÓN.— Permitid que tomemos un poco de hálito entre la alta sociedad de París, adonde no hacemos más que llegar. Dejadnos tejer a capricho el tejido de nuestra novela, y no apresuréis tanto su final.

GORGIBUS *[aparte].*— ¡No hay duda, están rematadas! *[En voz alta.]* Os lo repito, no entiendo nada de todas esas pamplinas; quiero ser amo absoluto; y, para zanjar todo tipo de discursos, o dentro de muy poco estáis casadas las dos, o palabra que seréis monjas: lo juro de verdad.

ESCENA V

CATHOS, MADELÓN

CATHOS.— ¡Dios mío, querida! ¡Qué hundida tiene tu padre la forma en la materia!¹⁶ ¡Qué espesa es su inteligencia y cuánta sombra hace en su alma!

---

¹⁶ "El alma razonable es la forma del hombre" (Furetière). Utilizando términos de la filosofía aristotélica, Cathos afirma que el alma de su padre está hundida en el cuerpo. Somaize vierte esa misma expresión como: "Tenéis el alma material."

Madeleine Béjart en el papel de Madelón: Pintura sobre
mármol de Abraham Bosse (1602-1676)

MADELÓN.— ¿Qué quieres, querida? Por él estoy sumida en confusión. Me cuesta persuadirme de que yo pueda realmente ser hija suya, y creo que, algún día, una aventura vendrá a desvelarme un nacimiento más ilustre.

CATHOS.— Y yo lo creería, sí, tiene todas las apariencias del mundo; y por lo que a mí se refiere, también cuando me miro...

ESCENA VI

MARIETA, CATHOS, MADELÓN

MARIETA.— Hay un lacayo que pregunta si estáis en casa, y dice que su amo quiere venir a veros.

MADELÓN.— Aprended, necia, a expresaros menos vulgarmente. Decid: "Hay un necesario[17] que pregunta si estáis en comodidad de ser visibles."

MARIETA.— ¡Toma ya! Yo no entiendo latines y no he aprendido, como vos, la filofía en *El Gran Ciro*[18].

MADELÓN.— ¡Qué impertinente! ¿Hay medio de sufrir esto? ¿Y quién es el amo de ese lacayo?

MARIETA.— Me lo ha llamado marqués de Mascarilla.

MADELÓN.— ¡Ay, querida, un marqués! Sí, id a decir que se nos puede ver. Sin duda es un ingenio que habrá oído hablar de nosotras.

CATHOS.— A buen seguro, querida.

MADELÓN.— Hay que recibirlo en esta sala baja, mejor que en nuestro aposento. Arreglémonos un poco el pelo por lo menos, y defendamos nuestra reputación. Deprisa, venid a sostenernos aquí dentro[19] el consejero de las gracias.

---

[17] "Las Preciosas han llamado a un *lacayo* un necesario porque siempre se tiene necesidad de él" (Furetière).

[18] *Le Grand Cyrus*, de Mlle. de Scudéry (véase nota 8 de la pág. 75).

[19] El gabinete contiguo a la sala baja donde están.

MARIETA.— A fe que no sé qué animal es ése: tenéis que hablar en cristiano, si queréis que os entienda.

CATHOS.— Traednos el espejo, ignorante, que no sois más que una ignorante, y guardaos de ensuciar su azogue comunicándole vuestra imagen *[Salen]*.


ESCENA VII

MASCARILLA[20], DOS PORTADORES[21]


MASCARILLA.— ¡Hola, portadores, hola! Ya, ya, ya, ya, ya, ya. Creo que estos bribones pretenden destrozarme a fuerza de chocar contra las paredes y el empedrado!

PRIMER PORTADOR.— ¡Maldita sea! Es que la puerta es estrecha: y además habéis querido que entrásemos hasta aquí.

MASCARILLA.— Por supuesto. ¿Querríais, tunantes, que expusiese el buen estado de mis plumas a las inclemencias de la estación lluviosa, y que fuera a imprimir mis zapatos en barro? Vamos, quitad vuestra silla de aquí.

---

[20] Mlle. Desjardins dejó en *Récit de la farce des Précieuses* la descripción del traje que utilizaba en escena: "... su peluca era tan grande que barría el suelo cada vez que hacía la reverencia, y su sombrero tan pequeño que era fácil juzgar que el marqués lo llevaba con más frecuencia en la mano que sobre la cabeza; su golilla podía calificarse de honesta bata, y sus cañones parecían estar hechos sólo para servir de escondite a los niños [...], y, en verdad, Señora, no creo que las tiendas de los jóvenes Massagetas [de *Le Grand Cyrus*] sean más espaciosas que sus honorables cañones. Una tea de cintas de pasamanería le salía del bolsillo como de un cuerno de la abundancia, y sus zapatos estaban tan cubiertos de cintas que es imposible deciros si eran de cuero de Rusia, de vaca de Inglaterra o de marroquinado; sé al menos que tenían medio pie de alto, y que me costaba mucho imaginar cómo tacones tan altos y delicados podían llevar el cuerpo del marqués, sus cintas, sus cañones y los polvos".

[21] Mascarilla entra en una silla de mano con dos portadores, aparato de reciente invención; las puso de moda Buckingham en 1619 y fueron traídas de Inglaterra a Francia por el marqués de Montbrun; el privilegio que permitía alquilarlas en Francia data de 1639.

Segundo portador.— Pagadnos, pues, señor, si os place.

Mascarilla.— ¿Eh?

Segundo portador.— Digo, señor, que nos deis el dinero, si os place.

Mascarilla, *dándole un bofetón.*— ¿Cómo, pillo? ¡Pedir dinero a una persona de mi calidad!

Segundo portador.— ¿Así se paga a la pobre gente? ¿Nos da de cenar acaso vuestra calidad?

Mascarilla.— ¡Ah, ah, ah! ¡Ya os enseñaré yo a saber quiénes sois! ¡Qué canallas, se atreven a burlarse de mí!

Primer portador, *cogiendo uno de los varales de su silla.*— ¡Vamos, pagadnos al instante!

Mascarilla.— ¿Cómo?

Primer portador.— Digo que quiero tener ahora mismo el dinero.

Mascarilla.— Éste es razonable.

Primer portador.— Deprisa.

Mascarilla.— Claro que sí. Tú sí que hablas como hay que hablar; pero el otro es un pillo que no sabe lo que dice. Toma; ¿estás contento?

Primer portador.— No, no estoy contento; le habéis dado un bofetón a mi compañero y... *[Alzando el varal.]*

Mascarilla.— ¡Más despacio! Toma, aquí tienes por el bofetón. De mí se puede conseguir todo cuando se me pide con buenos modales. Idos y venid a recogerme dentro de un rato para ir al Louvre, al acostamiento del Rey.

## ESCENA VIII

### Marieta, Mascarilla

Marieta.— Señor, dentro de un momento saldrán mis amas.

Mascarilla.— Que no tengan prisa: estoy aquí cómodamente apostado esperándolas.

Marieta.— Ya vienen.

[82]

## ESCENA IX

MADELÓN, CATHOS, MASCARILLA, ALMANZOR

MASCARILLA, *después de saludar.*— Mis muy señoras mías, habréis quedado sin duda sorprendidas por la audacia de mi visita; mas es vuestra reputación la que os ocasiona este desagradable asunto, que el mérito ejerce sobre mí hechizos tan poderosos que corro por todas partes tras él.

MADELÓN.— Si perseguís el mérito, no es en nuestras tierras donde debéis cazar.

CATHOS.— Para ver el mérito en nuestra casa es menester que vos lo hayáis traído.

MASCARILLA.— Ah, protesto de falsedad contra vuestras palabras. La fama se muestra justa contando lo que valéis; y vais a dar pique, repique y capote[22] a todo cuanto hay de galante en París.

MADELÓN.— Vuestra complacencia lleva demasiado lejos la liberalidad de sus alabanzas; y mi prima y yo no nos preocupamos de tomar en serio la dulzura de vuestra lisonja.

CATHOS.— Habría que ordenar, querida, que traigan sillas.

MADELÓN.— ¡Hola, Almanzor!

ALMANZOR.— Señora.

MADELÓN.— Pronto, acarreadnos hasta aquí las comodidades de la conversación.

---

22 Términos de un antiguo juego de cartas, el *piquet,* (en español, juego de los cientos). Con los tres se indica que un jugador logra muchos puntos sin que el adversario consiga ninguno. *"Pic* se dice [...] cuando el primero que juega puede contar 30 puntos sin que su adversario cuente ninguno; entonces suma 60 en lugar de 30. El *repic* es cuando se cuentan 30 sobre la mesa sin jugar; entonces se suman 90 [...] *Capot* se dice cuando uno de los jugadores levanta todas las cartas; y entonces gana 40 puntos" (Furetière).

MASCARILLA.— Mas, ¿habrá aquí al menos seguridad para mí?

*[Almanzor sale.]*

CATHOS.— ¿Qué teméis?

MASCARILLA.— Un robo de mi corazón, un asesinato de mi franquicia. Veo aquí unos ojos que tienen cara de ser muy bandidos, de asaltar las libertades y tratar a un alma como el turco al moro. ¡Diablos! Antes de acercarse uno a ellos, se ponen en su guardia mortífera. ¡A fe que no me fío de ellos, y voy a poner pies en polvorosa, o exijo caución burguesa de que no me harán daño.

MADELÓN.— Querida mía, es el carácter festivo.

CATHOS.— De sobra veo que es un Amílcar[23].

MADELÓN.— No temáis: no son malvados los designios de nuestros ojos, y vuestro corazón puede dormir seguro sobre su prudencia.

CATHOS.— Mas os ruego, señor, que no seáis inexorable con ese sillón que os tiende los brazos hace un cuarto de hora; contentad un poco el deseo que tiene de abrazaros.

MASCARILLA, *después de peinarse y ajustarse sus cañones.*— Y bien, señoras mías, ¿qué decís de París?

MADELÓN.— ¡Ay! ¿Qué podríamos decir? Habría que ser antípoda de la razón para no confesar que París es el gran negociado de las maravillas, el centro del buen gusto, del ingenio y la galantería.

MASCARILLA.— Por mi parte, sostengo que fuera de París no hay salvación para las gentes honradas.

CATHOS.— Es ésa una verdad irrefutable.

MASCARILLA.— Hay algo de barro; pero tenemos la silla.

MADELÓN.— Cierto que la silla es un baluarte maravilloso contra los insultos del barro y del mal tiempo.

MASCARILLA.— Recibís muchas visitas: ¿qué ingenio es de los vuestros?

---

[23] Personaje galante y alegre de la *Clélie*.

MADELÓN.— ¡Ay! Aún no somos conocidas; pero estamos en trance de serlo, y tenemos una amiga particular que nos ha prometido traer aquí a todos los caballeros de la *Colección de piezas selectas*[24].

CATHOS.— Y algunos más que también nos han mencionado como árbitros soberanos de las cosas bellas.

MASCARILLA.— Soy yo quien os ha de servir en este punto mejor que nadie: todos ellos me visitan, y puedo decir que nunca me levanto sin media docena de ingenios a mi alrededor[25].

MADELÓN.— ¡Ay, Dios mío! Os quedaremos agradecidas hasta el último agradecimiento si nos hacéis ese favor; porque, en fin, menester es hacer conocimiento de todos esos caballeros si una quiere pertenecer a la bella sociedad. Son esos señores los que dan movimiento a la reputación en París, y como sabéis hay alguno cuyo solo trato basta para daros fama de entendida, aunque no haya otra cosa más que eso. Mas, en cuanto a mí, lo que particularmente aprecio es que, mediante esas visitas intelectuales, una se instruye en cien cosas que hay que saber obligatoriamente y que corresponden a la esencia de un ingenio. De ese modo se saben cada día las pequeñas noticias galantes, los bonitos intercambios de prosa y de verso. Se sabe a punto fijo: "Fulano ha escrito la pieza más bella del mundo sobre tal tema; fulana ha escrito la letra sobre tal melodía; éste ha hecho un madrigal sobre un goce; aquél ha compuesto unas estancias sobre una infidelidad; el caballero Tal escribió ayer por la noche una décima a la señorita Cual, cuya respuesta le ha enviado ella esta mañana hacia las ocho; tal autor ha hecho tal proyecto; aquél está en la tercera parte de su novela; este otro entrega sus obras a las prensas." Eso es lo que os hace valer en

---

[24] En la cuarta edición, de 1657, en esa antología de Sercy figuraban nombres como Corneille, Benserade, Scudéry, Cotin, etc.

[25] Los grandes señores que se preciaban de mecenazgo sobre los escritores recibían a éstos al levantarse.

las reuniones; y, si se ignoran esas cosas, no daría un céntimo por todo el ingenio que pueda uno tener.

CATHOS.— En efecto, me parece que es pasar de ridículo que una persona se jacte de ingenio y no se entere hasta de la cuartetilla más insignificante que se hace cada día; y, por mi parte, sentiría toda la vergüenza del mundo si hubieran de venir a preguntarme si había visto algo nuevo que no hubiera visto.

MASCARILLA.— Verdad es que resulta vergonzoso no estar al tanto de las primicias de cuanto se hace; mas no os preocupéis: quiero fundar en vuestra casa una Academia de ingenios, y os prometo que no se hará una pizca de verso en París que no sepáis de memoria antes que todos los demás. En cuanto a mí, tal como me veis, algo me esfuerzo en ello cuando quiero; y veréis correr de mi hechura, por las bellas alcobas[26] de París, doscientas canciones, otros tantos sonetos, cuatrocientos epigramas y más de mil madrigales, sin contar los enigmas y retratos[27].

MADELÓN.— Os confieso que estoy furiosamente por los retratos; no encuentro nada más galante.

CATHOS.— Y yo amo terriblemente los enigmas.

MASCARILLA.— Ejercitan el ingenio, y esta misma mañana he hecho cuatro que os ofreceré para que los adivinéis.

---

[26] Las preciosas recibían a sus visitas en una cámara de gala del primer piso, con la cama, donde se tendía la dueña de la casa, flanqueada a ambos lados por una *ruelle,* un espacio por el que pasaban criados y visitas. Más tarde la moda impuso la colocación de la cama en una alcoba, una especie de celda que prolongaba la habitación, por lo que los asiduos recibieron el nombre de "alcovistes". "Los galanes se jactan de ser gentes de *ruelles,* de ir a visitar a bellas" (Furetière).

[27] Los poetas preciosos se ejercitaban denodadamente en todos estos géneros preciosos; el abate Cotin (cf. el prólogo a *Las mujeres sabias,* págs. 43 y ss.) se consideraba el "padre" del enigma francés, género sobre el que escribió un *Discours sur les énigmes*. No tardaron mucho enigmas, retratos, etc. en convertirse en objeto de burla, por ejemplo de Sorel, en *La Description de l'île de Portraiture et de la Ville des Portraits.*

MADELÓN.— Los madrigales son agradables cuando están bien compuestos.

MASCARILLA.— Ése es mi talento especial: estoy poniendo en madrigales toda la historia romana.

MADELÓN.— ¡Ah! Será, desde luego, de una belleza suprema. Si lo mandáis imprimir, guardadme un ejemplar por lo menos.

MASCARILLA.— Os prometo uno a cada una, y de los mejor encuadernados. Publicarlos está por debajo de mi condición[28], lo hago únicamente para que ganen dinero los libreros que me persiguen.

MADELÓN.— Imagino que es grande el placer de verse impreso[29].

MASCARILLA.— Desde luego. Mas, a propósito, tengo que deciros una improvisación que hice ayer en casa de una duquesa amiga mía a quien fui a visitar; porque soy endiabladamente fuerte con las improvisaciones.

CATHOS.— La improvisación es precisamente la piedra de toque del ingenio.

MASCARILLA.— Escuchad pues.

MADELÓN.— Somos todo orejas.

MASCARILLA.—

*¡Oh¡ ¡Oh! No me fijaba en ello:*
*Mientras que, sin pensar en mal, os miro,*
*Vuestros ojos de tapadillo me roban el corazón.*
*¡Al ladrón, al ladrón, al ladrón, al ladrón!*

CATHOS.— ¡Ay, Dios mío! Eso sí que es llegar a lo último de la galantería.

---

28 Un gentilhombre no podía ponerse a la altura de los escritores pordioseros que mendigaban la subsistencia a la nobleza; por eso no publicaban sus escritos con su nombre: La Rochefoucauld no firmó sus *Maximes* (1664-1678), la marquesa de Lafayette tomó el apellido de su amigo Segrais para *La princesse de Clèves* (1678), los descendientes de Honoré d'Urfé sintieron vergüenza de tener por abuelo al autor de *L'Astrée*, y un burgués como La Bruyère dejó a la hija de su librero los derechos de autor de sus *Caractères*.

29 De ese placer se ha burlado Molière en el prefacio a *Las preciosas*.

Mascarilla.— Todo cuanto hago tiene aire caballero; no huele a pedante.

Madelón.— Está más de dos mil leguas lejos de la galantería.

Mascarilla.— ¿Habéis notado ese comienzo: *¡Oh! ¡Oh!?* ¡Qué extraordinario!: *¡Oh! ¡Oh!* Como un hombre que de pronto se da cuenta: *¡Oh! ¡Oh!* La sorpresa: *¡Oh! ¡Oh!*

Madelón.— Sí, encuentro admirable ese *¡oh! ¡oh!*

Mascarilla.— Y parece que no es nada.

Cathos.— ¡Ah, Dios mío! ¿Qué decís? Son esa clase de cosas las que resultan impagables.

Madelón.— Desde luego, y prefiero haber hecho esos *¡oh! ¡oh!* antes que un poema épico.

Mascarilla.— ¡Vive Dios! Qué buen gusto el vuestro.

Madelón.— Bueno, no lo tengo del todo malo.

Mascarilla.— Pero ¿no admiráis igualmente *No me fijaba en ello? No me fijaba en ello:*, no me daba cuenta; qué forma tan natural de hablar: *No me fijaba en ello. Mientras que, sin pensar en mal,* mientras que, inocentemente, sin malicia, como un pobre carnero; *os miro,* es decir, me divierto viéndoos, os observo, os contemplo; *Vuestros ojos de tapadillo...* ¿Qué os parece esa palabra, *tapadillo?* ¿No está bien escogida?

Cathos.— Totalmente.

Mascarilla.— *De tapadillo,* a escondidas: es como si se tratara de un gato que llega para atrapar a un ratón. *De tapadillo.*

Madelón.— No puede haber nada mejor.

Mascarilla.— *Me roban el corazón,* me lo arrebatan, me lo secuestran. *¡Al ladrón, al ladrón, al ladrón, al ladrón!*

Madelón.— Hemos de confesar que tiene un aire espiritual y galante.

Mascarilla.— Y también quiero deciros la melodía que, sobre esto, he compuesto.

Cathos.— ¿Habéis aprendido música?

Mascarilla.— ¿Yo? Para nada.

CATHOS.— Entonces, ¿cómo es posible?

MASCARILLA.— Las gentes de calidad saben todo sin haber aprendido nunca nada.

MADELÓN.— Seguro, querida.

MASCARILLA.— Escuchad, a ver si el aire es de vuestro agrado: *La, la, tra, la, la, larala.* La brutalidad de la estación ha ultrajado furiosamente la delicadeza de mi voz; mas no importa, salga como saliere[30]. *(Canta.)*

*¡Oh¡ ¡Oh! No me fijaba en....:*

CATHOS.— ¡Ah! ¡Qué aire tan apasionado! Es como para morirse.

MADELÓN.— En él está la cromática[31].

MASCARILLA.— ¿No encontráis bien expresado el pensamiento en el canto? *¡Al ladrón!...* Y luego, como si se gritara muy fuerte: *al, al, al, al, al, al, ladrón.* Y, de golpe, como una persona que jadea: *¡al ladrón!*

MADELÓN.— Eso es saber el fin de las cosas, el gran fin, el fin del fin. Os aseguro que todo es maravilloso: estoy entusiasmada con la melodía y con la letra.

CATHOS.— Nunca he visto nada con esa fuerza.

MASCARILLA.— Cuanto hago me viene de natural, sin estudio.

MADELÓN.— La naturaleza os ha tratado como verdadera madre apasionada, y vos sois su niño mimado.

MASCARILLA.— ¿En qué pasáis vuestro tiempo?

CATHOS.— En nada de nada.

MADELÓN.— Hasta ahora hemos estado en un ayuno espantoso de diversiones.

MASCARILLA.— Yo me ofrezco a llevaros uno de estos días a la comedia, si queréis, porque van a representar una nueva y me gustaría mucho que fuéramos juntos.

---

30 *"C'est à la cavaliere"*: en su *Roman bourgeoise* (1666), Furetière se burla de los "versos a la caballera", "versos hechos por gentilhombres que no sabían las reglas, que los hacían por pura galantería sin haber leído los libros, y sin que ése fuera su oficio".

31 Cromática: "el segundo de los tres géneros de música, que abunda en semitonos" (Furetière). Intermedia entre la diatónica y la enarmónica, la cromática significaba, en el lenguaje precioso, la pasión.

MADELÓN.— Eso no se rechaza.

MASCARILLA.— Mas os pido que aplaudáis como es debido cuando estemos allí; porque me he comprometido a ensalzar la obra y el autor ha venido a pedírmelo incluso esta mañana. Aquí es costumbre que los autores vengan a nosotros, personas de condición, a leernos sus piezas nuevas, para comprometernos a que nos parezcan hermosas y a darles la fama; y quedáis libres de pensar si el patio se atreve, cuando nosotros decimos algo, a llevarnos la contraria. En cuanto a mí, soy en este punto muy cumplidor; y cuando he dado mi palabra a un poeta, antes incluso de que se enciendan las candilejas siempre grito: "¡Qué hermoso es!"[32]

MADELÓN.— No me digáis más: París es un lugar admirable; a diario pasan en ella cien cosas que se ignoran en provincias, por muy espiritual que una sea.

CATHOS.— Con eso basta; dado que estamos enteradas, cumpliremos nuestro deber aclamando como se debe todo lo que se diga.

MASCARILLA.— Tal vez me equivoque, pero tenéis toda la pinta de haber hecho alguna comedia.

MADELÓN.— ¡Eh! Bien pudiera haber algo de lo que decís.

MASCARILLA.— ¡Ah! ¡A fe que será menester verla! Entre nosotros, he escrito una que quiero representar.

CATHOS.— ¿Y a qué cómicos se la daréis?

MASCARILLA.— ¡Bonita pregunta! ¡A los Grandes Cómicos![33] Sólo ellos son capaces de realzar las cosas; los demás son unos ignorantes que recitan como se ha-

---

[32] Los autores solían leer sus obras nuevas a las gentes de la nobleza; Corneille, por ejemplo, había leído *Poliuto* en el Hôtel de Rambouillet, y el propio Molière hizo la lectura de *Las preciosas,* entre otras, en varias casas de la alta nobleza: sus enemigos pretendían que había logrado sus primeros éxitos "a golpes de sombrero" y de gestiones personales.

[33] Ataca aquí Molière a los cómicos del Hôtel de Bourgogne; es la primera pulla que aparece en sus obras contra unos rivales con los que terminará chocando y que le pagarían en la misma moneda.

bla[34]; no saben hacer retumbar los versos ni detenerse en el pasaje bello; y ¿qué medio hay de conocer dónde está el verso hermoso si el cómico no se detiene en él, y no os avisa de ese modo que hay que soltar entonces el murmullo de admiración?

CATHOS.— En efecto, hay formas de hacer sentir a los oyentes las bellezas de una obra; que las cosas sólo valen lo que se las hace valer.

MASCARILLA.— ¿Qué os parece mi pequeña oca?[35] ¿La encontráis congrua con el traje?

CATHOS.— Por entero.

MASCARILLA.— La cinta está bien elegida.

MADELÓN.— Furiosamente bien. Es puro Perdrigeon[36].

MASCARILLA.— ¿Y qué decís de mis cañones?

MADELÓN.— Tienen muy buen aspecto.

MASCARILLA.— Puedo jactarme al menos de que son una cuarta[37] más larga que cuantos se han hecho.

MADELÓN.— Debo confesar que nunca he visto llevar tan alto la elegancia del atuendo.

MASCARILLA.— Fijad un poco sobre estos guantes la reflexión de vuestro olfato.

MADELÓN.— Huelen terriblemente bien.

---

34 Alusión al fracaso de Molière y su compañía en el género trágico; los cómicos del Hôtel de Bourgogne sabían "hacer roncar los versos", mientras que Molière pretendía una dicción más natural. La sátira aquí iniciada culminará en *L'Impromptu de Versailles* (1663); los Grandes Comediantes, por su parte, darán a luz una venenosa comedia contra Molière, *Elomyre hypocondre,* firmada por Le Boulanger de Chalussay.

35 *"Petite-oie":* en sentido propio se trata de los despojos de oca, "lo que se quita a una oca cuando se la prepara para asar [...], patas, [...], cuello, mollejas [...]" (Furetière). Por analogía se daba ese nombre a los accesorios de la vestimenta: "Las cintas y guarniciones que sirven de adorno a un traje, a un sombrero [...]. Para adornar el traje, el sombrero, el nudo de espada, las medias, los guantes" (Furetière).

36 Mercero de moda, que aparece en los testimonios de la época como el proveedor de preciosos y preciosas.

37 "Una cuarta de [....] cinta es la cuarta parte de una vara" (Furetière), es decir, unos treinta centímetros.

CATHOS.— Nunca he respirado un olor mejor acondicionado.

MASCARILLA.— ¿Y éste? *[Le da a oler los cabellos empolvados de su peluca.]*

MADELÓN.— De total calidad; conmueve deliciosamente el sublime[38].

MASCARILLA.— No me decís nada de mis plumas: ¿qué os parecen?

CATHOS.— Espantosamente bellas.

MASCARILLA.— ¿Sabéis que cada pluma me cuesta un luis de oro? Para mis cosas, tengo la manía de dar generalmente con lo que hay de más hermoso en todo.

MADELÓN.— Os aseguro que vos y yo simpatizamos: también yo tengo una delicadeza furiosa por todo lo que llevo; incluso mis calcetines[39], no puedo soportar que no sean de la mejor costurera.

MASCARILLA, *exclamando bruscamente.*— ¡Ay, ay, ay, despacio! ¡Que Dios me condene, señoras mías, está muy mal hacer eso; debo quejarme de vuestro proceder; no es honrado.

CATHOS.— ¿Qué pasa? ¿Qué tenéis?

MASCARILLA.— ¿Cómo? ¡Las dos contra mi corazón al mismo tiempo! ¡Atacarme por la derecha y por la izquierda! ¡Ay, eso va contra el derecho de gentes; no es igual la partida, y voy a gritar que me matan.

CATHOS.— Debo confesar que dice las cosas de una forma tan especial...

MADELÓN.— ¡Y qué ingenio tan admirable!

CATHOS.— Tenéis más miedo que daño, y vuestro corazón grita antes de que lo desuellen[40].

---

38 En su *Grand Dictionnaire des Précieuses,* Somaize traduce el sublime por "el cerebro".

39 *"Chaussettes":* "Medias de tela que se ponen debajo de la calza o la media de seda o de paño" (Furetière). En contacto con la piel, esos calcetines (diminutivo formado sobre *calzas),* eran de tela y se ponían sobre la piel como si fueran vendas.

40 Esta metáfora grotesca procede de una expresión común, que se encuentra ya en Rabelais: "ser como la anguila de Melun"; hace refe-

MASCARILLA.— ¡Diablos! Está desollado de la cabeza a los pies.

## ESCENA X

MARIETA, MASCARILLA, CATHOS, MADELÓN

MARIETA.— Señora, preguntan si pueden veros.
MADELÓN.— ¿Quién?
MARIETA.— El vizconde de Jodelet.
MASCARILLA.— ¿El vizconde de Jodelet?
MARIETA.— Sí, señor.
CATHOS.— ¿Lo conocéis?
MASCARILLA.— Es mi mejor amigo.
MADELÓN.— Hacedlo pasar inmediatamente.
MASCARILLA.— Hace algún tiempo que no nos hemos visto, y estoy encantado con esta aventura.
CATHOS.— Aquí está.

## ESCENA XI

JODELET, MASCARILLA, CATHOS, MADELÓN, MARIETA

MASCARILLA.— ¡Ah, vizconde!
JODELET, *los dos se abrazan*[41]. — ¡Ah, marqués!
MASCARILLA.— ¡Estoy encantado de encontrarte!
JODELET.— ¡Qué alegría verte aquí!

---

rencia a un tal Languille, de Melun, que, haciendo el papel de san Bartolomé en un misterio, había gritado cuando vio venir al actor que hacía de verdugo que lo desollaba.

[41] En la época el abrazo consistía, además, en intercambios de besos. La forma espectacular en que se daban abrazos y besos provocó la protesta del clero, porque la costumbre —de la que se burla Molière en *El misántropo* (versos 10-40 y 273)— perturbaba el oficio religioso o el sermón.

MASCARILLA.— Bésame otro poco, por favor.

MADELÓN. *[A Cathos]* — Ay, querida, empezamos a ser conocidas; ya veis que la buena sociedad aprende el camino para venir a vernos.

MASCARILLA.— Señoras mías, permitid que os presente a este gentilhombre: palabra que es digno de que lo conozcáis.

JODELET.— Justo es venir a rendiros lo que se os debe; y vuestros atractivos exigen sus derechos señoriales[42] sobre toda clase de personas.

MADELÓN.— Eso es llevar vuestras cortesías hasta los últimos confines de la adulación.

CATHOS.— Este día debe quedar señalado en nuestro almanaque como un día bienaventurado.

MADELÓN. *[A Almanzor]*— Vamos, pequeño, ¿hay que repetiros una y otra vez las cosas? ¿No veis que hace falta el incremento de un sillón?

MASCARILLA.— No os asombre ver así al vizconde: acaba de salir de una enfermedad que le ha dejado el rostro tan pálido como veis.

JODELET.— Frutos son de las vigilias de la corte y de las fatigas de la guerra[43].

MASCARILLA.— ¿Sabéis, señoras mías, que en el vizconde veis a uno de los hombres valientes de este siglo? Es un corajudo de pelo en pecho.

JODELET.— No me vais vos a la zaga, marqués, que ya sabemos lo que también sabéis hacer.

MASCARILLA.— Cierto que ambos nos hemos encontrado en las grandes ocasiones.

JODELET.— Y en lugares donde hacía mucho calor.

MASCARILLA, *mirando a las dos mujeres.*— Sí, pero no tanto como aquí. ¡Ji, ji, ji!

JODELET.— Nos conocimos en el ejército; y la primera

---

[42] Derechos de los señores sobre sus vasallos: en particular la fe y el homenaje.

[43] Alusión de Jodelet a la enfermedad venérea mal curada que sufría ese actor (cf. nota 8 de la pág. 70).

vez que nos vimos, él mandaba un regimiento de caballería en las galeras de Malta[44].

MASCARILLA.— Cierto es, mas vos estabais en aquel puesto antes de que yo llegase a él; y recuerdo que yo no era más que un pequeño oficial cuando vos mandabais dos mil caballos.

JODELET.— Cosa hermosa es la guerra; y, a fe que la corte recompensa hoy muy mal a las gentes de servicio[45] como nosotros.

MASCARILLA.— Por eso quiero colgar la espada de un gancho.

CATHOS.— Por lo que a mí se refiere, siento una furiosa ternura por los hombres de espada.

MADELÓN.— También a mí me gustan; pero quiero que el ingenio sazone la bravura.

MASCARILLA.— ¿Recuerdas, vizconde, aquella media luna que arrebatamos a los enemigos en el sitio de Arras?[46]

JODELET.— ¿A qué te refieres con esa media luna? Era una luna completamente entera[47].

MASCARILLA.— Pienso que tienes razón.

JODELET.— A mí no me queda más remedio que acordarme: en él me hirieron en la pierna con un golpe de granada[48], cuyas marcas todavía llevo. Tocad un poco, por favor, y notaréis la herida, ahí, ahí.

---

[44] Parece difícil ese regimiento en las galeras que poseía la orden de Malta; llevaban soldados provistos de mosquete y marineros con arcabuces; por otro lado, ni siquiera para los caballeros disponía la orden de Malta de caballos.

[45] Jodelet da a entender a las preciosas que alude a oficiales del ejército, cuando en realidad su condición es la del "servicio" doméstico.

[46] No se trata del asedio más célebre de esa ciudad, ocurrido en 1640, sino del sitio de 1654, cuando la ciudad, invadida por las tropas españolas con el francés Condé al frente, fue liberada por Turena.

[47] La medialuna, o revellín, era una fortificación en forma de cuarto creciente situada delante del ángulo de una muralla, de un bastión o de una cortina. El chiste utilizado era tradicional en historias de soldados.

[48] La granada de la época era una bola de hierro hueca, rellena de

CATHOS. *[después de haber palpado el lugar]* — ¡Cierto que es grande la cicatriz!

MASCARILLA.— Permitidme un momento vuestra mano y tocad aquí, justo detrás de la cabeza; ¿notáis algo?

MADELÓN.— Sí, algo siento.

MASCARILLA.— Es un disparo de mosquete que recibí en la última campaña que he hecho.

JODELET. *[descubriéndose el pecho]* — Y aquí hay otro disparo que me traspasó de parte a parte en el ataque de Gravelinas[49].

MASCARILLA, *poniendo la mano en el botón de sus calzas.*— Voy a enseñaros una llaga furiosa.

MADELÓN.— No es necesario: lo creemos sin mirarla.

MASCARILLA.— Son marcas honorables, que muestran lo que uno es.

CATHOS.— No dudamos de lo que sois.

MASCARILLA.— Vizconde, has traído tu carroza.

JODELET.— ¿Por qué?

MASCARILLA.— Podríamos llevarnos a estas damas a pasear fuera de las puertas, para regalarlas[50].

MADELÓN.— Hoy no podríamos salir.

MASCARILLA.— Traigamos entonces violines para bailar.

JODELET.— A fe que la ocurrencia es buena.

MADELÓN.— En eso sí que consentimos; pero se precisa algún incremento de compañía.

MASCARILLA.— ¡Hola! ¡Champañés, Picardo, Burguiñón, Cascaret, Vasco, la Verdura, Lorenés, Provenzal, la Violeta![51] ¡Al diablo con todos los lacayos! Pienso que

---

estopa y de pólvora, que se lanzaba contra el enemigo una vez encendida la mecha.

[49] No se trata del asedio de Gravelinas de 1644, en que la ciudad fue tomada a los españoles, sino de otro más reciente, del 31 de agosto de 1658, dirigido por el mariscal de la Ferté.

[50] El *"cadeau"* consistía en una merienda con música. *"Cadeau* se dice también de las comidas que se dan fuera de casa, aquí o allá, y particularmente en el campo. Las mujeres coquetas arruinan a sus galanes a fuerza de hacer que les hagan regalos" (Furetière).

[51] Molière imita a Tristan L'Hermite, que hace hablar así al Capitán en *Le Parasite* (1654, I, 5).

no hay gentilhombre en Francia peor servido que yo. Esos canallas siempre me dejan solo.

MADELÓN.— Almanzor, decid a las gentes del señor [marqués] que vayan a buscar violines, y hacednos venir esos señores y esas damas de aquí al lado para poblar la soledad de nuestro baile. *[Almanzor sale.]*

MASCARILLA.— Vizconde, ¿qué me dices de estos ojos?

JODELET.— ¿Y qué te parecen a ti, marqués?

MASCARILLA.— Yo digo que nuestras libertades sufrirán para salir de aquí con las bragas enjutas[52]. Al menos, por lo que a mí se refiere, recibo extrañas sacudidas, y mi corazón sólo pende de un hilo.

MADELÓN.— ¡Qué natural es cuanto dice! ¡Lo expresa todo de la forma más agradable del mundo!

CATHOS.— Verdad es que hace un furioso gasto en ingenio.

MASCARILLA.— Para mostraros que digo la verdad, ahora mismo quiero haceros una improvisación. *[Medita]*

CATHOS.— ¡Eh! Os conjuro con toda la devoción de mi corazón a que oigamos algo hecho para nosotras.

JODELET.— Me gustaría hacer otro tanto, pero me encuentro algo incomodado[53] de la vena poética, por la cantidad de sangrías que en ella he hecho los días pasados.

MASCARILLA.— ¿Qué diablos ocurre? Siempre hago bien el primer verso, pero me cuestan los otros. A fe que resulta demasiado apresurado: con tiempo os haré una improvisación que os parecerá la más hermosa del mundo[54].

---

[52] Expresión de la soldadesca que denuncia los resultados del miedo antes de entrar en combate; la grosería de la expresión estaba ya atenuada.

[53] En lenguaje precioso: pobre, lo contrario de *acomodado*, rico.

[54] Mascarilla es incapaz de improvisar una improvisación; los verdaderos preciosos tomaban sus precauciones, porque según Furetière *(Le Roman bourgeois),* los alcobistas solían tener en el bolsillo poemas "improvisados de antemano", llamados *"impromptus de bolsillo".*

JODELET.— Tiene el ingenio de un demonio.

MADELÓN.— Y galantería, y un estilo perfecto.

MASCARILLA.— Dime, vizconde, ¿hace mucho que no has visto a la condesa?

JODELET.— Hace más de tres semanas que no la visito.

MASCARILLA.— ¿Sabes que el duque ha venido a verme esta mañana, y ha querido llevarme al campo a cazar un ciervo con él?

MADELÓN.— Ahí llegan nuestras amigas.


ESCENA XII

JODELET, MASCARILLA, CATHOS, MADELÓN, MARIETA, LUCILA
[CELIMENA, ALMANZOR, VIOLINES]


MADELÓN.— ¡Dios mío, queridas, os pedimos perdón! A estos señores se les ha ocurrido la fantasía de darnos las almas de los pies[55]; y hemos enviado a buscaros para llenar los vacíos de nuestra reunión.

LUCILA.— Desde luego que os lo agradecemos.

MASCARILLA.— Se trata sólo de un baile improvisado; pero uno de estos días os daremos otro en debida forma. ¿Han llegado los violines?

ALMANZOR.— Sí, señor, aquí están.

CATHOS.— Vamos pues, queridas, tomad asiento.

MASCARILLA, *bailando solo a modo de preludio.*— La, la, la, la, la, la, la, la.

MADELÓN.— ¡Qué talle tan elegante!

CATHOS.— ¡Y qué forma de bailar tan limpiamente!

MASCARILLA, *después de coger a Madelón.*— Mi franquicia va a danzar la corriente[56] igual que mis pies. Ca-

---

[55] En su *Grand Dictionnaire des Précieuses,* Somaize traduce: "los violines".

[56] Una *courante* es al mismo tiempo el paso, la melodía y la letra de una danza muy de moda, de ritmo ternario y grave, "formada por un tiempo, un paso, un balanceo y un corte" (Furetière).

dencia, violines, cadencia. ¡Oh, qué ignorantes! Con éstos no hay medio de danzar. ¡Que el diablo os lleve! ¿No podéis tocar a compás? La, la, la, la, la, la, la, la. ¡Firmeza, rascatripas!

JODELET, *danzando luego.* — ¡Hola! No apresuréis tanto la cadencia, que acabo de salir de una enfermedad.


## ESCENA XIII

DU CROISY, LA GRANGE, MASCARILLA, etc.

LA GRANGE.— ¡Ah, ah! Pillos, ¿qué hacéis aquí? Hace tres horas que os estamos buscando.

MASCARILLA, *al sentirse golpeado.*— ¡Ay, ay, ay! No me habíais dicho que también habría golpes.

JODELET.— ¡Ay, ay, ay!

LA GRANGE.— Es propio de vos, infame, querer dároslas de hombre importante.

DU CROISY.— Esto os enseñará a saber quién sois.

*Salen.*


## ESCENA XIV

MASCARILLA, JODELET, CATHOS, MADELÓN, etc.

MADELÓN.— ¿Qué significa todo esto?

JODELET.— Es una apuesta.

CATHOS.— ¡Cómo! ¿Os dejáis pegar de ese modo?

MASCARILLA.— ¡Dios mío! Bah, no he querido darle importancia, porque soy violento y me habría desbocado.

MADELÓN.— ¡Tolerar una afrenta como ésa en presencia nuestra!

MASCARILLA.— No ha sido nada, dejémoslo. Hace tiempo que nos conocemos, y entre amigos no vamos a enfadarnos por tan poca cosa.

## ESCENA XV

Du Croisy, La Grange, Mascarilla, Jodelet,
Madelón, Cathos, etc.

La Grange.— A fe, pillos, que no habéis de reíros de nosotros, os lo prometo. Entrad vosotros. *[Entran tres o cuatro espadachines.]*

Madelón.— ¿Qué audacia es ésta, venir a perturbarnos así en nuestra propia casa?

Du Croisy.— ¿Cómo hemos de soportar, señoras mías, que nuestros lacayos sean mejor recibidos que nosotros? ¿Que vengan a cortejaros a nuestras expensas y que os den un baile?

Madelón.— ¿Vuestros lacayos?

La Grange.— Sí, nuestros lacayos; y no es ni hermoso ni honesto corromperlos como hacéis.

Madelón.— ¡Oh, cielo! ¡Qué insolencia!

La Grange.— Mas no ha de aprovecharles haberse servido de nuestras ropas para deslumbraros; y si queréis amarlos, a fe que ha de ser por sus hermosos ojos. Deprisa, que los desnuden ahora mismo.

Jodelet.— Adiós nuestros lujos.

Mascarilla.— Y el marquesado y el vizcondado se vienen abajo.

Du Croisy.— ¡Ah, ah, pillos! ¡Tenéis la osadía de ir tras nuestras huellas! A otra parte habréis de ir a buscar algo con que volveros agradables a los ojos de vuestras hermosas, os lo aseguro.

La Grange.— Es demasiado suplantarnos, y encima suplantarnos con nuestras propias ropas.

Mascarilla.— ¡Cuán grande es tu inconstancia, Fortuna!

Du Croisy.— Pronto, que les quiten hasta la menor prenda.

La Grange.— Que se lleven todos esos trajes, deprisa.

Ahora, señoras mías, en el estado en que están, podéis proseguir vuestros amores con ellos cuanto os plazca; os dejamos todo tipo de libertad para ello, y el caballero y yo os garantizamos que en modo alguno sentiremos celos.

CATHOS.— ¡Ah, qué confusión!

MADELÓN.— Me muero de despecho.

VIOLINES, *al Marqués.*— ¿Qué es esto? Y a nosotros ¿quién nos pagará?

MASCARILLA.— Preguntad al señor vizconde.

VIOLINES, *al vizconde.*— ¿Quién nos dará el dinero?

JODELET.— Preguntad al señor marqués.


## ESCENA XVI

GORGIBUS, MASCARILLA, MADELÓN, etc.

GORGIBUS.— ¡Ah, bribonas, ya veo lo bien que nos tratáis! ¡Y de lindas cosas, realmente, acabo de enterarme gracias a esos señores que salen!

MADELÓN.— ¡Ah, padre mío! ¡Vaya una broma sangrante la que nos han hecho!

GORGIBUS.— Sí, una broma sangrante, pero que ha sido efecto de vuestra impertinencia, ¡infames! Quedaron resentidos por el trato que les disteis; y, sin embargo, desgraciado de mí, tengo que tragarme la afrenta.

MADELÓN.— ¡Ah! Juro que seremos vengadas, o moriré en el intento. Y vosotros, bribones, ¿todavía os atrevéis a estar aquí después de vuestra insolencia?

MASCARILLA.— ¡Tratar así a un marqués! ¡Así es el mundo! La menor desgracia nos acarrea el desprecio de quienes nos querían. Vamos, compañero, vamos en busca de fortuna a otra parte: ya veo que aquí no se ama otra cosa que la vana apariencia, y que no se considera la virtud si está completamente desnuda.


*Salen los dos.*

## ESCENA XVII

### GORGIBUS, MADELÓN, CATHOS, VIOLINES

VIOLINES.— Señor, pretendemos que seáis vos quien, en su lugar, nos pague lo que se nos debe por lo que aquí hemos tocado.

GORGIBUS, *dándoles de palos.*— Claro que voy a dároslo, y ésta es la moneda en que habéis de cobrar. Y vosotras, granujas, no sé qué me contiene para no hacer con vosotras otro tanto. Vamos a servir de hablillas y hazmerreír a todo el mundo, que eso es lo que os habéis ganado con vuestras extravagancias. Id a esconderos, villanas, id a esconderos para siempre. *[Solo.]* Y vosotros que sois causa de su locura, necias pamplinas, perniciosos entretenimientos de espíritus ociosos, novelas, versos, canciones, sonetos y sonetas[57], ¡ojalá os lleven todos los diablos!

---

[57] Fácil juego de palabras que en francés tiene además la semejanza de *sornettes,* camelos. Malherbe había utilizado ese calambur (Tallemant, *Historiettes):* en una discusión en la que pretendían que no es soneto si sus dos cuartetos no tienen la misma rima, Malherbe replicó: "De acuerdo, si no es un soneto, es una soneta."

# LAS MUJERES SABIAS

*Comedia*
representada por primera vez en París
en el Teatro de la sala del Palais-Royal
el 11 del mes de marzo de 1672
por la Compañía del Rey

# ACTORES[1]

CRÍSALO, buen burgués[2]
FILAMINTA, mujer de Crísalo

[1] El reparto de la función de 1672 estaba formado, según *Le Mercure Galant* de julio de 1723, por Molière, que encarnaba el papel de Crísalo y cuyo traje conocemos gracias al Inventario realizado a su muerte: "Un traje que sirve para la representación de *Las mujeres sabias* compuesto de jubón y calzas de terciopelo negro y ramaje con fondo de aurora, la chaqueta de gasa violeta y oro, guarnecida de botones, un cordón de oro, jarreteras, agujetas y guantes, tasado en veinte libras." Filaminta lo interpretó André Hubert (¿?-1700), actor de cuarenta y ocho años, especializado en el tipo de damas viejas, aunque en el *Tartufo* hizo el papel de Damis. Catherine de Brie (véase el reparto de *Las preciosas ridículas,* Cathos) servía el papel de Armanda, mientras a Enriqueta la encarnaba Armande Béjart (1642-1700), esposa de Molière desde hacía una década. Aristo lo servía, con 19 años, Michel Boiron (1653-1729), que utilizaba el pseudónimo de "Baron". Perteneció a la compañía entre 1670 y 1673, pasando a la muerte del dramaturgo a la del Hôtel de Bourgogne y más tarde a la Comédie Française, donde logró grandes éxitos con papeles de prestigio sustituyendo la declamación cantante por otra más natural (1680-1691). En esa última fecha se retiró de los escenarios, a los que regresó treinta años más tarde, en 1722, para no retirarse hasta dos meses antes de su muerte. Escribió diez comedias, de las que sólo siete subieron a las tablas.

El resto del reparto es como sigue: Belisa, Mlle. Villaubrun (Geneviève Béjart, cuñada de Molière); Trissotin, La Thorillière padre (*c.* 1626-1680), antiguo capitán del ejército que entró en la compañía, cuyas cuentas llevó, en 1662; encarnaba papeles nobles (el Cleanto del *Tartufo,* el Filinto de *El misántropo);* Vadius, Du Croisy (véase el reparto de *Las preciosas ridículas);* por último, Martina era el nombre de una criada de Molière, y se ha pretendido que fue ella quien lo interpretó.

[2] La raíz griega del nombre de Crísalo significa "oro". El calificati-

ARMANDA, } hijas de Crísalo y Filaminta
ENRIQUETA, }
ARISTO[3], hermano de Crísalo
BELISA, hermana de Crísalo
CLITANDRO, enamorado de Enriqueta
TRISSOTIN[4], ingenio
VADIUS, sabio
MARTINA, criada de cocina
ESPINA, lacayo
JULIÁN, criado de Vadius
EL NOTARIO

*La escena en París*[5]

---

vo de "buen burgués" describe el ámbito de la alta burguesía en que se mueve; pese a lo cual, y a los valores positivos de época que supone —sentido común, interés por la ciudad y trabajo honrado—, no deja de tener connotaciones peyorativas para las "sabias", como las tenía para las "preciosas".

[3] En griego significa "el mejor".

[4] Trissotin [=tres veces necio *(sot)]*. Antes del estreno, ese nombre, según testimonios de Boileau y de Madame de Sévigné entre otros, era "Tricotin", con lo que la alusión a su enemigo Cotin quedaba más manifiesta (véase prólogo, págs. 43 y ss.).

[5] Según la *Mémoire* de Mahelot, el decorado "es un aposento, se precisan dos libros, cuatro sillas, y papel."

## ACTO PRIMERO

### ESCENA PRIMERA

#### ARMANDA, ENRIQUETA

ARMANDA.— ¿Cómo, hermana mía? El hermoso nombre de soltera es un título cuya deliciosa dulzura queréis abandonar ¿y os atrevéis a festejar que os casáis? ¿Es posible que se os ocurra ese vulgar deseo?

ENRIQUETA.— Sí, hermana mía.

ARMANDA.— ¡Ah! ¿Cómo se puede soportar ese "sí", y quién podría escucharlo sin náuseas?

ENRIQUETA.— ¿Qué tiene en sí el matrimonio que os obligue, hermana mía, a...?

ARMANDA.— ¡Dios mío! ¡Quita allá!

ENRIQUETA.— ¿Cómo?

ARMANDA.— ¡Quita allá, os digo! ¿No imagináis la repugnancia que, en cuanto se oye, suscita esa palabra en el ánimo? ¿Ni con qué escandalosa imagen lo hiere? ¿Ni a qué sucia visión arrastra al pensamiento? ¿No os estremecéis con ella? ¿Y podéis, hermana mía, hacer aceptar a vuestro corazón las consecuencias de esa palabra?

ENRIQUETA.— Cuando las considero, las consecuencias de esa palabra me muestran un marido, unos hijos, un hogar; y si bien lo pienso, no veo en ello nada que hiera el pensamiento ni haga estremecerse.

ARMANDA.— ¿Tales afectos son, oh cielo, capaces de agradaros?

ENRIQUETA.— ¿Se puede, a mi edad, hacer algo mejor que granjearse, con el título de esposo, a un hombre que os ama y al que amáis, y de esa unión, acompañada de ternura, crearse las delicias de una vida inocente? ¿No ofrece atractivos desenlace tan bien emparejado?

ARMANDA.— ¡De qué condición tan baja es vuestro espíritu, Dios mío! ¡Que no hagáis en el mundo otro papel que el de un personajillo, enclaustrándoos en las cosas del hogar y sin vislumbrar placeres más emocionantes que un ídolo de esposo y unos monos de críos! Dejad para las gentes groseras y las personas vulgares los bajos entretenimientos de ese tipo de cosas; elevad a más altas imágenes vuestros deseos, pensad en saborear los más nobles placeres y, tratando con desprecio sentidos y materia, entregaos como nosotras por entero al espíritu. Ante vuestros ojos, como ejemplo, tenéis a nuestra madre, a quien honran con el nombre de sabia en todas partes: procurad, como yo, mostraros hija suya, aspirad a las claridades[1] que hay en la familia y volveos sensible a las hechiceras dulzuras que el amor al estudio derrama en los corazones; lejos de someteros como esclava a las leyes de un hombre, casaos, hermana, con la filosofía, que nos pone por encima de todo el género humano y concede a la razón el soberano imperio sometiendo a sus leyes la parte animal, cuyo grosero apetito hasta las bestias nos rebaja[2]. Ahí radican las hermosas pasiones y los dulces afectos que deben ocupar los momentos de la vida; y las preocupaciones en que veo a tantas mujeres sensibles parecen a mis ojos pobrezas horrendas.

ENRIQUETA.— El Cielo, cuyo orden vemos que es omnipotente, al nacer nos fabrica para distintos empleos; y no todo espíritu está compuesto de un paño que resulte

---

[1] *Clartés:* término de moda en el lenguaje precioso: "luces intelectuales, conocimientos".

[2] "En moral se opone la *parte animal,* que es la parte sensual y carnal, a la parte razonable, que es la inteligencia" (Furetière).

ARMANDA.— No, no, no quiero imponer a vuestra llama el rigor de una explicación. Tengo miramientos hacia las personas, y sé cuánto azora el apremiante esfuerzo de tales confesiones a la cara.

CLITANDRO.— No, señora[3], mi corazón, que disimula poco, no siente ningún apremio por hacer una confesión libre: tal paso en ningún aprieto me pone y en voz alta confesaré, con alma franca y clara, que los tiernos lazos en que estoy apresado *[señalando a Enriqueta]*[4], mi amor y mis deseos están todos de este lado. Que ninguna pesadumbre os cause esta confesión, pues vos habéis querido que así sean las cosas. Me habían prendado vuestros atractivos, y mis tiernos suspiros os probaron de sobra el ardor de mis deseos; mi corazón os consagraba una llama inmortal, mas vuestros ojos no creyeron suficientemente hermosa su conquista. Bajo su yugo sufrí cien desprecios diferentes que sobre mi alma, como soberbios tiranos, reinaban, y, harto de tantas penas, busqué unos vencedores más humanos y cadenas menos rudas. Los he encontrado, señora, en estos ojos, y sus dardos me serán preciosos ya por siempre: con mirada piadosa han secado mis lágrimas y no han desdeñado el rechazo de vuestros encantos; han sabido conmoverme con bondades tan raras que no hay nada que pueda arrancarme de mis hierros; y ahora, señora, me atrevo a conjuraros a que no intentéis nada contra mi pasión, ni tratéis de atraer a un corazón resuelto a morir en este dulce ardor.

ARMANDA.— ¡Eh!, ¿quién os dice, señor, que exista ese deseo, y que de vos tanto se preocupen? Me resultáis cínico por imaginároslo, y muy impertinente por declarármelo.

---

[3] En el siglo XVII, *madame* era un término noble con el que se denominaba tanto a las mujeres casadas como a las solteras de la buena sociedad.

[4] Las acotaciones escénicas que figuran entre corchetes no pertenecen a la edición de 1672, sino a otras posteriores: 1682, 1734...

ENRIQUETA.— ¡Eh, despacio, hermana mía! ¿Dónde está ahora esa moral que tan bien sabe regir la parte animal y contener la brida de los excesos de la cólera?

ARMANDA.— Mas vos, que de ella me habláis, ¿cómo la practicáis respondiendo al amor que fingen teneros sin el consentimiento de quienes os han dado el ser? Debéis saber que el deber os somete a sus leyes, que no os está permitido amar sino por elección suya, pues ellos ostentan la autoridad suprema sobre vuestro corazón y es crimen disponer de él por vos misma.

ENRIQUETA.— Os agradezco las bondades que me demostráis enseñándome tan bien las cosas del deber; mi corazón quiere regular su conducta por vuestras lecciones y para demostraros, hermana mía, que las aprovecho, preocupaos, Clitandro, de respaldar vuestro amor con el consentimiento de aquéllos de quienes he recibido la vida; conservad un poder legítimo sobre mis anhelos y proporcionadme el medio de amaros sin culpa.

CLITANDRO.— Con todo mi afán lo intentaré firmemente, que de vos esperaba este dulce consentimiento.

ARMANDA.— Triunfáis, hermana mía, y por vuestro gesto parece que imagináis que eso me apena.

ENRIQUETA.— No es así, hermana: sé que los derechos de la razón son siempre omnipotentes sobre vuestros sentidos, y que, gracias a las lecciones que se aprenden con la sabiduría, estáis por encima de tales flaquezas. Lejos de sospechar en vos algún pesar, creo que os dignaréis trabajar en mi favor, apoyar su petición y apresurar, con vuestro sufragio, el feliz momento de nuestro matrimonio. Os lo ruego, y para conseguirlo...

ARMANDA.— Vuestro mezquino espíritu pretende burlarse, y se os ve muy orgullosa de un corazón que se os tira.

ENRIQUETA.— Por tirado que esté ese corazón, poco os desagrada; y, si los ojos con que me miráis pudieran recogerlo, fácilmente se tomarían la molestia de agacharse.

ARMANDA.— No me digno descender a replicar, que son palabras necias que no deben oírse.

ENRIQUETA.— Tanto mejor para vos, que así nos mostráis una moderación inconcebible.


ESCENA III

CLITANDRO, ENRIQUETA


ENRIQUETA.— Vuestra sincera confesión la ha sorprendido mucho.

CLITANDRO.— Se merece de sobra semejante franqueza, que toda la altivez de su loco orgullo es digna cuando menos de mi sinceridad; mas, dado que me está permitido, voy, señora, en busca de vuestro padre...

ENRIQUETA.— Lo más seguro es ganarse a mi madre: el talante de mi padre le inclina a consentir en todo, mas pone poca fuerza en las cosas que decide; ha recibido del Cielo cierta bondad de alma que le somete inmediatamente a lo que quiere su mujer; es ella quien gobierna, y en tono absoluto dicta como ley cuanto ha decidido. Confieso que quisiera ver en vos un ánimo algo más complaciente con ella y con mi tía, un espíritu que, halagando las ideas quiméricas del suyo, lograra granjearos el calor de su estima.

CLITANDRO.— De tan sincero como nació, mi corazón nunca ha podido, ni siquiera en el caso de vuestra hermana, adular su carácter, que las mujeres doctores[5] no son de mi gusto. Paso porque una mujer tenga luces sobre cualquier cosa; mas no quiero en ella la pasión chocante de hacerse sabia para parecer sabia; y me gusta que a menudo, a las preguntas que se hacen, sepa ignorar las cosas que sí sabe; quiero, en fin, que oculte

---

5 "Pedantes como doctores"; a ese grado universitario no fueron admitidas las mujeres en Francia hasta el siglo XX.

sus estudios, y que tenga saberes sin pretender que se conozcan, sin citar a los autores, sin decir grandes frases y desplegar ingenio en la menor palabra. Respeto mucho a vuestra señora madre, mas no puedo aprobar del todo su quimera ni convertirme en eco de las cosas que dice ni el incienso que da a su héroe de ingenio. Su señor Trissotin me irrita y me revienta, que rabio viéndola estimar a un hombre como ése y poniendo en el rango de los grandes y hermosos ingenios a un pánfilo cuyos escritos silban en todas partes, a un pedante cuya generosa pluma vemos llenar el mercado de papeles que sirven para todo[6].

ENRIQUETA.— Sus escritos y sus palabras, todo en él me parece enojoso; estoy bastante de acuerdo y pienso lo mismo que vos; mas, como sobre mi madre tiene gran poder, deberéis forzaros a mostrar cierta complacencia. Un enamorado hace la corte allí donde habita su corazón, allí quiere ganar el favor de todo el mundo y, para no tener a nadie opuesto a su pasión, se esfuerza incluso por agradar al perro de la casa.

CLITANDRO.— Sí, tenéis razón, mas el señor Trissotin me inspira en el fondo del alma una irritación dominante. Para ganar su apoyo no puedo consentir en deshonrarme estimando sus obras; fue con ellas con las que primero se presentó a mis ojos y le conocía antes de haberle visto. En el fárrago de escritos que nos da vi lo que su pedante persona muestra en todas partes: la constante altura de su orgullo, esa seguridad de la buena opinión que tiene de sí mismo, ese tranquilo estado de confianza extrema que en todo momento le vuelve tan satisfecho de sí, que hace que se alegre sin cesar por su mérito, que le agrade tanto todo cuanto escribe y que no querría cambiar su fama por todos los honores de un general de ejército.

---

6 Burla utilizada por Boileau contra los malos libros; en las *Sátiras* III y IX asegura que los tenderos de los mercados envolvían sus mercancías en viejo papel impreso.

ENRIQUETA.— Ver todo eso supone buena vista.

CLITANDRO.— La cosa llegó incluso a su persona, y, por los versos que nos tira a la cabeza, vi cuál era el aspecto que debía tener el poeta; tan bien había adivinado todos sus rasgos que, encontrando un día en el Palais[7] a cierto hombre, aposté a que era Trissotin en persona, y vi que en efecto la apuesta era buena.

ENRIQUETA.— ¡Vaya cuento!

CLITANDRO.— No, digo las cosas tal como son. Mas veo a vuestra tía. Permitid, os lo ruego, que mi corazón le declare aquí nuestro secreto y gane su favor con vuestra madre.


ESCENA IV

CLITANDRO, BELISA

CLITANDRO.— Permitid, señora, que, para hablaros, un enamorado aproveche este feliz momento y os revele la sincera llama...

BELISA.— ¡Ah, más despacio, por favor! Guardaos de abrirme demasiado vuestra alma: si he sabido poneros en el rango de mis enamorados, contentaos con vuestros ojos como únicos intérpretes y no me expliquéis con otra lengua unos deseos que, en mi opinión, pasan por un ultraje; amadme, suspirad, arded por mis encantos, pero permítaseme no saberlo: puedo cerrar los ojos sobre vuestras llamas secretas, mientras os atengáis a esos mudos intérpretes; mas si la boca se entromete tendréis que desterraros por siempre de mi vista.

CLITANDRO.— No os alarméis por los proyectos de mi

---

7 La galería del Palais de Justicia albergaba tiendas de distintos oficios, entre ellos el de "libreros", término que incluye en la época a los "editores". También servía de punto de encuentro de jóvenes escritores. Sobre ese mundo, Corneille estrenó en 1634 una comedia así titulada, *La Galerie du Palais*.

corazón, que es Enriqueta, señora, la mujer que me encanta, y vengo ardientemente a conjurar vuestra bondad para que secunde el amor que siento por sus bellezas.

BELISA.— ¡Ah! Confieso que el rodeo es ingenioso: este sutil pretexto merece alabanzas, que en ninguna de las novelas[8] en que he puesto los ojos he encontrado nada tan ingenioso.

CLITANDRO.— No es, ni mucho menos, un rasgo de ingenio, señora, sino pura confesión de lo que tengo en el alma. Con los lazos de una pasión inmutable los Cielos han atado mi corazón a las bellezas de Enriqueta; ella me tiene bajo su amable dominio, y su matrimonio es el bien al que aspiro: vos podéis hacer mucho por él, y todo lo que quiero es que os dignéis favorecer mis afanes.

BELISA.— Ya veo adónde apunta suavemente la demanda, y sé lo que debo entender bajo ese nombre; la figura[9] es hábil, y, para no salir de ella, a las cosas que mi corazón me brinda para replicaros, diré que Enriqueta es rebelde al casamiento y que hay que consumirse por ella sin pretender nada.

CLITANDRO.— ¡Ah, señora! ¿De qué sirve semejante complicación, y por qué queréis pensar lo que no es?

BELISA.— ¡Dios mío! Basta de remilgos, dejad de defenderos de lo que vuestras miradas me han dado a entender tan a menudo; basta con que una quede satisfecha con el subterfugio que hábilmente se le ha ocurrido a vuestro amor, y que, bajo la figura a que el respeto le fuerza, quiera una decidirse a sufrir su homenaje con tal

---

8 Belisa ha leído las novelas sentimentales y "preciosas" que estaban de moda en su juventud, e incluso antes, como *La Astrea,* de Honoré d'Urfé (1607-1610) o los "productos" de Mlle. de Scudéry: *Le Grand Cyrus* (1649-1653) y *Clélie* (1654-1660).

9 El pensamiento alegórico, los juegos y las figuras de palabra, de gramática y de estilo, son temas socorridos del barroco; aquí "metáfora", figura de palabras: sustitución del nombre de Belisa por el simbólico de Enriqueta.

que sus transportes, animados por el honor, no ofrezcan a mis altares otra cosa que deseos acendrados.

CLITANDRO.— Pero...

BELISA.— Adiós, por de pronto esto debe bastaros, que os he dicho más de lo que quería decir.

CLITANDRO.— Mas vuestro error...

BELISA.— Dejad... Me siento ruborizada, que mi pudor ha tenido que hacerse una violencia excesiva.

CLITANDRO.— Deseo que me ahorquen si os amo, y prudente...

BELISA.— No, no, no quiero oír más.

CLITANDRO.— ¡Váyase al diablo la loca con sus quimeras! ¿Se ha visto nada igual a tales prejuicios? Vayamos a confiar a otro esta preocupación que me dan, y recibamos la ayuda de una persona prudente.

# ACTO II

## ESCENA PRIMERA

### Aristo *[A Clitandro]*

Aristo.— Sí, os traeré la respuesta cuanto antes; apoyaré, presionaré, haré cuanto haya que hacer. ¡Por una palabra, cuántas cosas tiene que decir un enamorado! ¡Y con qué impaciencia quiere lo que desea! Nunca...

## ESCENA II

### Crísalo, Aristo

Aristo.— ¡Ah, Dios os guarde, hermano!

Crísalo.— Y a vos también, hermano.

Aristo.— ¿Sabéis lo que aquí me trae?

Crísalo.— No, mas si queréis, estoy dispuesto a escucharlo.

Aristo.— ¿Conocéis a Clitandro hace mucho?

Crísalo.— Desde luego, y le veo que frecuenta nuestra casa.

Aristo.— ¿En qué estima, hermano mío, lo tenéis?

Crísalo.— Le tengo por un hombre de honor, de ingenio, de corazón y de prudencia, y pocas gentes veo que posean su mérito.

ARISTO.— Cierto deseo que tiene, aquí guía mis pasos. Y me alegro de que sintáis esa estima por él.

CRÍSALO.— En mi viaje a Roma conocí a su difunto padre.

ARISTO.— Muy bien.

CRÍSALO.— Era, hermano mío, muy buen gentilhombre.

ARISTO.— Eso dicen.

CRÍSALO.— No teníamos entonces más que veintiocho años, y a fe que ambos éramos dos buenos galanes.

ARISTO.— Lo creo.

CRÍSALO.— Nos lanzábamos a las casas de las damas romanas, y todo el mundo hablaba allí de nuestras calaveradas: muchos eran los celosos.

ARISTO.— Mejor que mejor; mas vengamos al asunto que me trae a estos lugares.


ESCENA III

BELISA, CRÍSALO, ARISTO

ARISTO.— Ante vos me hace Clitandro su intérprete, que su corazón está enamorado de las gracias de Enriqueta.

CRÍSALO.— ¡Cómo! ¿De mi hija?

ARISTO.— Sí, Clitandro está encantado con ella, y nunca he visto enamorado más ardiente.

BELISA.— No, no, ya os entiendo, pero ignoráis la historia, que el asunto no es lo que podéis creer.

ARISTO.— ¿Qué decís, hermana?

BELISA.— Clitandro os engaña, porque su corazón está enamorado de otra persona.

ARISTO.— Os burláis. ¿No es a Enriqueta a quien ama?

BELISA.— No, estoy totalmente segura.

ARISTO.— Él mismo me lo ha dicho.

BELISA.— Pues claro.

Aristo.— Me veis, hermana mía, encargado por él para hacer hoy la petición a su padre.

Belisa.— Muy bien.

Aristo.— Y su mismo amor me ha instado a que apresure el momento de esa alianza.

Belisa.— Mejor todavía. No puede engañarse de forma más galana. Entre nosotros, Enriqueta es un entretenimiento, un ingenioso velo, un pretexto, hermano mío, para cubrir otras llamas cuyo secreto yo conozco. Y a los dos quiero sacaros del error.

Aristo.— Mas, ya que sabéis tantas cosas, hermana, decidnos, si os place, quién es esa otra persona que ama.

Belisa.— ¿Queréis saberlo?

Aristo.— Sí. ¿Quién?

Belisa.— Yo.

Aristo.— ¿Vos?

Belisa.— Yo misma.

Aristo.— ¡Ay, hermana mía!

Belisa.— ¿Qué quiere decir ese "ay", y qué hay de sorprendente en las palabras que digo? Tiene una, según creo, figura suficiente como para poder decir que hay más de un corazón sometido a su imperio; y Dorante, Damis, Cleontes y Lícidas pueden demostrar que una tiene ciertos atractivos.

Aristo.— ¿Esas personas os aman?

Belisa.— Sí, con toda su fuerza.

Aristo.— ¿Os lo han dicho?

Belisa.— Ninguno se ha tomado tal licencia: han sabido respetarme tanto hasta este día que nunca me han dicho una palabra de su amor; mas, para ofrecerme su corazón y consagrarme su servicio, los mudos intérpretes han cumplido su tarea.

Aristo.— Casi nunca se ve venir por esta casa a Damis.

Belisa.— Es para demostrarme un respeto más sumiso.

Aristo.— Y Dorante os ultraja en todas partes con palabras mordaces.

Belisa.— Arrebatos son ésos de una rabia celosa.

Aristo.— Cleontes y Lícidas, ambos se han casado.

Belisa.— Por la desesperación a que yo reduje su pasión.

Aristo.— A fe, querida hermana, que es clara vuestra visión.

Crísalo.— De esas quimeras deberíais olvidaros.

Belisa.— ¡Ah, quimeras! ¡Dice que son quimeras! ¡Quimeras yo! ¡Realmente eso de quimeras es muy bueno! Me divierten mucho las quimeras, hermanos míos, y no sabía yo que las tuviese.


ESCENA IV

Crísalo, Aristo

Crísalo.— Decididamente nuestra hermana está loca.

Aristo.— Y su locura aumenta cada día. Pero, por favor, volvamos a nuestro asunto: Clitandro os pide a Enriqueta por esposa: decidme la respuesta que debe darse a su pasión.

Crísalo.— ¿Hay que preguntarlo? Consiento de buena gana, y tengo su alianza por honor singular.

Aristo.— Sabéis que no tiene muchos bienes, que...

Crísalo.— Es ése un problema sin demasiada importancia: es rico en virtud, y eso vale tesoros; además su padre y yo no éramos sino uno en dos cuerpos.

Aristo.— Hablemos con vuestra mujer, y veamos el modo de volverla favorable...

Crísalo.— Basta: yo le acepto por yerno.

Aristo.— Sí, pero para reforzar vuestro consentimiento, hermano mío, no estará de más conseguir su beneplácito; vamos...

Crísalo.— ¿Os burláis? No es preciso: respondo de mi mujer y asumo yo el asunto.

ARISTO.— Pero...

CRÍSALO.— Dejadme hacer, os repito, y no tengáis miedo: voy a prepararla para ese paso.

ARISTO.— De acuerdo. Yo iré a sondear a vuestra Enriqueta, y volveré para saber...

CRÍSALO.— Es cosa hecha, y ahora mismo le hablaré de ello a mi mujer.

### ESCENA V

#### MARTINA, CRÍSALO

MARTINA.— ¡Vaya una suerte que tengo! ¡Ay, qué verdad es cuando dicen que quien quiere ahogar a su perro le acusa de tener rabia: servir a los demás no es ninguna herencia!

CRÍSALO.— ¿Qué pasa? ¿Qué tenéis, Martina?

MARTINA.— ¿Que qué tengo?

CRÍSALO.— Sí.

MARTINA.— Tengo, señor, que hoy me han despedido.

CRÍSALO.— ¿Que os han despedido?

MARTINA.— Sí, la señora me echa.

CRÍSALO.— No lo comprendo. ¿Cómo es eso?

MARTINA.— Me amenazan, si no salgo de aquí, con darme una tunda[10].

CRÍSALO.— No, os quedaréis; estoy satisfecho de vos. Mi mujer se acalora con mucha frecuencia, y yo no quiero...

---

[10] Era un hábito, frecuente y "principesco", de la época golpear a los criados; en *El misántropo* (v. 940) Celimena cuenta que Arsinoe "pega a sus criados y no les paga"; según Tallemant des Réaux *(Histo-riettes)*, el rey Luis XIV no quería que sus primeros ayudas de cámara fueran gentilhombres porque aducía que quería poder pegarlos "y no creía poder golpear a un gentilhombre sin perjudicarse a sí mismo".

FILAMINTA, BELISA, CRÍSALO, MARTINA

FILAMINTA.— ¿Cómo? ¿Todavía aquí, bribona? De prisa, salid, granuja, vamos, dejad esta casa y no volváis a poneros nunca más delante de mi vista.

CRÍSALO.— Más despacio.

FILAMINTA.— No, está decidido.

CRÍSALO.— ¿Eh?

FILAMINTA.— Quiero que se marche.

CRÍSALO.— Pero ¿qué ha hecho para querer que de este modo...?

FILAMINTA.— ¿Cómo? ¿La apoyáis?

CRÍSALO.— De ningún modo.

FILAMINTA.— ¿Os ponéis de su parte frente a mí?

CRÍSALO.— ¡Dios mío, no! Me limito a preguntar cuál ha sido su crimen.

FILAMINTA.— ¿Soy yo capaz de echarla sin causa legítima?

CRÍSALO.— No digo eso, pero con nuestros criados hay que...

FILAMINTA.— Basta, os repito que tiene que irse de esta casa.

CRÍSALO.— De acuerdo, ¿quién os dice algo en contra?

FILAMINTA.— No quiero ningún obstáculo a los deseos que muestro.

CRÍSALO.— De acuerdo.

FILAMINTA.— Y, como esposo razonable, debéis estar de mi parte contra ella, y asumir mi cólera.

CRÍSALO. Eso hago. Sí, mi esposa os echa con razón, tunanta, y vuestro crimen es indigno de ser perdonado.

MARTINA.— ¿Qué es lo que he hecho?

CRÍSALO.— A fe que no lo sé.

FILAMINTA.— Además, tiene un carácter que no hace caso de nada.

CRÍSALO.— Para dar motivo a vuestro odio, ¿ha roto algún espejo o alguna porcelana?[11]

FILAMINTA.— ¿Iba yo a echarla por eso? ¿Pensáis que por tan poca cosa me enfurezco?

CRÍSALO.— ¿Qué puedo decir? Entonces ¿es importante el asunto?

FILAMINTA.— Desde luego. ¿Parezco una mujer poco razonable?

CRÍSALO.— ¿Acaso, con espíritu negligente, ha dejado robar algún aguamanil o alguna bandeja de plata?

FILAMINTA.— Eso no importaría demasiado.

CRÍSALO.— ¡Oh, oh! ¡Vaya, buena ha sido! ¿Qué? ¿Habéis descubierto que no era fiel?

FILAMINTA.— Peor que todo eso.

CRÍSALO.— ¿Peor que todo eso?

FILAMINTA.— Peor.

CRÍSALO.— ¡Diablos con la bribona! ¡Eh! ¿Ha cometido...?

FILAMINTA.— Con una insolencia sin igual, después de treinta lecciones ha insultado mi oído con la impropiedad de una palabra grosera y baja que Vaugelas[12] condena en términos decisivos.

CRÍSALO.— ¿Y eso...?

FILAMINTA.— ¿Cómo? ¿Contrariar siempre, pese a nuestras reconvenciones, el fundamento de todas las

---

11 Tanto el espejo como los objetos de porcelana eran, en la época, objetos preciosos que se importaban de Venecia o China. Ni la fábrica de espejos de Saint-Gobain ni la de "porcelana artificial" de Saint-Cloud (la antepasada de Sèvres) fueron fundadas hasta 1685 y 1695 respectivamente. Furetière define en su *Dictionnaire* de 1690 el término porcelana como: "especie de vasija fina y preciosa que viene de China".

12 Las célebres *Remarques sur la langue française (Observaciones sobre la lengua francesa,* 1647) del gramático Claude Vaugelas (1585-1650) marcaban el tono del "bien hablar" del momento; sin embargo, Vaugelas se había cuidado de formular reglas; aconsejaba tomar por modelo la forma de hablar de "la parte más sana de la corte de acuerdo con la forma de escribir de la parte más sana de los autores de este tiempo".

ciencias, la gramática, que sabe regentar incluso a los reyes y les hace obedecer sus leyes con plena autoridad?[13]

CRÍSALO.— De mayores fechorías la creía yo culpable.

FILAMINTA.— ¿Cómo? ¿No os parece imperdonable ese crimen?

CRÍSALO.— Sí, por cierto.

FILAMINTA.— ¡Bueno estaría que la excusaseis!

CRÍSALO.— Ni se me ocurre.

FILAMINTA.— Cierto que son cosas que dan pena: destroza cualquier construcción y, sin embargo, ha sido instruida cien veces en las leyes del lenguaje.

MARTINA.— A mi parecer, todo lo que predicáis es hermoso y bueno, pero yo no sabría hablar vuestra jerga.

FILAMINTA.— ¡Impúdica! ¡Llamar jerga al lenguaje fundado en la razón y en el bello uso!

MARTINA.— Siempre se habla bien cuando a una la entienden, y todos vuestros bellos dichos no sirven para nada.

FILAMINTA.— ¡Ahí lo tenéis! ¡Bonito estilo el suyo! *No sirven para nada.*

BELISA.— ¡Oh cerebro indócil! ¿Es posible que con los cuidados que sin cesar nos tomamos no se te pueda enseñar a hablar correctamente? El *no* con el *nada* es una reiteración, y, como se te ha dicho, es una negación de más.

MARTINA.— ¡Dios mío! Yo no hemos estudiado como vos, y yo hablamos todo derecho como se habla entre nosotros.

FILAMINTA.— ¡Ay! ¿Puede sufrirse esto?

BELISA.— ¡Qué horrible solecismo!

---

[13] En sus *Remarques,* Vaugelas alaba a Pomponio Marcelo por haberse atrevido a reprender a Tiberio, que acababa de crear un neologismo: "El príncipe puede dar derecho de ciudadanía a los hombres, no a las palabras. [...]. A nadie le está permitido, sea quien fuere, hacer palabras nuevas, ni siquiera a los soberanos."

FILAMINTA.— Es como para matar a un oído sensible.

BELISA.— Confieso que tu espíritu es muy material[14]. *Yo* no es más que un singular, *hemos* es plural. ¿Quieres ofender toda tu vida a la gramática?

MARTINA.— ¿Quién habla de ofender a abuela ni abuelo?[15]

FILAMINTA.— ¡Oh, Cielo!

BELISA.— Lo entiendes todo al revés, por más que te haya dicho mil veces de dónde viene esa palabra.

MARTINA.— ¡A fe que me importa un rábano que vengan de Chaillot, de Auteuil o de Pontoise!

BELISA.— ¡Qué alma tan aldeana! La gramática nos enseña las leyes tanto del verbo y del nominativo[16] como del adjetivo con el sustantivo.

MARTINA.— Debo deciros, señora, que no conozco a esas personas.

FILAMINTA.— ¡Qué martirio!

BELISA.— Eso son los nombres de las palabras, y debe tenerse cuidado con aquello en lo que es preciso hacer que concuerden.

MARTINA.— Que concuerden entre sí o que se aporreen, ¿qué más da?

FILAMINTA, *a su hermana.*— ¡Ah, Dios mío! Dejad de hablar con ella. *(A su marido.)* ¿No queréis vos hacérmela salir?

CRÍSALO.— Desde luego. Tengo que consentir su capricho. Vamos, no la irrites más: retírate, Martina.

---

14 Aquí: "bajo, tan poco inteligente como la materia".

15 En la escena, la incorrecta pronunciación de Martina produce juegos de palabras; en la época *grammaire* [gramática] se pronunciaba *gran/maire,* con un resultado fonético prácticamente igual al de *grandmère* [abuela]. En ese período se hicieron intentos para acordar grafía y pronunciación: por ejemplo, el abate Dangeau, que escribirá unos *Essais de granmaire.* El juego de palabras tal vez se inspire en Agrippa d'Aubigné: "Esa gramática *[grammaire]*, que viene de *grandis mater.*"

16 En las lenguas con declinación, el nominativo designa la función sujeto.

Belisa y Filaminta, ésta encarnada por Georges Wilson según
la tradición de Molière que encargaba los papeles de viejas
damas a hombres. Puesta en escena de Jean Vilar, T.N.P., 1960.

FILAMINTA.— ¿Cómo? ¿Tenéis miedo a ofender a esa bribona? ¿Cómo le habláis en un tono tan complaciente?

CRÍSALO.— ¿Yo? Nada de eso. Vamos, salid. *(En voz baja.)* Vete, mi pobre niña.

<br>

ESCENA VII

FILAMINTA, CRÍSALO, BELISA

CRÍSALO.— Podéis estar satisfecha, que ya se ha ido; pero no apruebo un despido como éste; es una muchacha apropiada para las cosas que hace y vos me la echáis por un fútil motivo.

FILAMINTA.— ¿Queréis que siga teniéndola a mi servicio para que castigue incesantemente mis oídos, para que rompa toda ley de uso y de razón con su bárbaro amasijo de vicios de oración[17], de palabras estragadas, cosidas por intervalos, de refranes arrastrados por los albañales de los mercados?

BELISA.— Es cierto que una suda sufriendo sus discursos; todos los días descuartiza a Vaugelas; y los menores defectos de ese grosero genio son el pleonasmo o la cacofonía.

CRÍSALO.— ¿Qué importa que falte a las leyes de Vaugelas con tal que no falte en la cocina? Por mi parte, prefiero que cuando limpia sus verduras case mal los nombres con los verbos y repita cien veces una palabra baja o malsonante antes que me queme la carne o sale demasiado mi puchero. Yo vivo de buena sopa, y no de buen lenguaje, que Vaugelas no enseña a hacer bien un

---

17 "El objeto de la gramática es la buena construcción de las partes de la *oración,* del discurso" (Furetière). Por "vicios de oración" se censuran las faltas contra las partes del discurso: "Los gramáticos dicen que todo discurso está compuesto de ocho partes de *oración,* el nombre, el pronombre, el verbo, el participio, el adverbio, la preposición, la conjunción y la interjección" (Furetière).

cocido, y Malherbe[18] y Balzac[19], tan sabios en bellas palabras, probablemente en cocina habrían sido un par de necios.

FILAMINTA.— ¡Cómo me revientan esas groseras palabras! ¡Y qué indignidad para lo que se llama hombre rebajarse sin cesar a las preocupaciones materiales, en vez de alzarse hacia las espirituales! El cuerpo, ese guiñapo, ¿tiene una importancia y un precio que merezca siquiera que pensemos en él, y no debemos dejar todo eso muy lejos?

CRÍSALO.— Sí, mi cuerpo es yo mismo, y pretendo preocuparme de él. Guiñapo si se quiere, pero aprecio mi guiñapo.

BELISA.— Es importante que el cuerpo esté unido al espíritu, hermano mío; mas, si creéis a cualquier persona sabia, el espíritu debe ir siempre por delante del cuerpo; y nuestro mayor cuidado, nuestra preocupación primera debe ser nutrirle con el jugo de la ciencia.

CRÍSALO.— A fe que si pensáis nutrir vuestro espíritu será con alimentos muy magros, según dicen todos, que no ponéis ningún cuidado, ninguna solicitud por...

FILAMINTA.— ¡Ay, qué mal suena *solicitud*[20] en mi oído. Apesta extrañamente a vieja.

BELISA.— Cierto que la palabra tiene mucho copete[21].

---

[18] El poeta Malherbe (1555-1628) seguía regentando, gracias a Boileau, la literatura francesa, pese al casi medio siglo transcurrido desde su muerte. Su mérito consistió en emplear la lengua poética con un grado mayor de sobriedad que el resto de sus contemporáneos.

[19] Louis Guez de Balzac (1595?-1654) cimentó en unas *Lettres* (1624) su fama de literato elocuente; fue el creador de un estilo refinado muy apreciado en los salones.

[20] *"Sollicitude"*: el término no se empleaba entre la buena sociedad, y los escritores no lo habían utilizado desde Malherbe.

[21] *"Collet monté"*: "Las mujeres ya no llevan [cuellos], pero antes tenían *collets-montés* que estaban sostenidos por cartas, almidón y alambres. También se llama un *collet-monté* a una vieja criticona" (Furetière). Había estado de moda en la generación de la madre o de la abuela de Belisa. Charles Perrault (1628-1703), en *Belle au bois dor-*

CRÍSALO.— ¿Queréis que hable? Acabaré estallando, alzando la máscara y descargando mi bilis. Os tratan de locas y en mi corazón tengo...

FILAMINTA.— ¡Cómo! ¿Qué decís?

CRÍSALO.— Es a vos a quien hablo, hermana mía. El menor solecismo en el habla os irrita; mas vos, sí, vos los hacéis, y muy extraños, en vuestra conducta. Vuestros eternos libros no me agradan y, salvo un grueso Plutarco para planchar mis valonas[22], deberíais quemar todos esos papelotes viejos y dejar la ciencia a los doctores de la ciudad; quitarme del granero, para obrar con cordura, ese largo anteojo que da miedo a la gente, y cien baratijas cuya visión molesta; no ir en busca de lo que se hace en la luna y enteraros un poco de lo que ocurre en vuestra casa, donde vemos que todo va manga por hombro. No es muy discreto, y por muchas razones, que una mujer estudie y sepa tantas cosas. Su estudio y su filosofía deben ser formar en las buenas costumbres el espíritu de sus hijos, hacer que su hogar vaya bien, vigilar a sus criados y regular el gasto con ahorro. En este punto nuestros padres eran personas muy sensatas y decían que una mujer sabe suficiente cuando la capacidad de su espíritu se eleva a distinguir un jubón de unos calzones[23]. Las suyas no leían, pero vivían bien, sus hogares eran toda su docta conversación, y sus libros un dado, hilo y agujas con que trabajaban en la labor de sus hijas. Muy lejos de esas costumbres están las mujeres del día; quieren escribir y convertirse en autores. No hay para ellas ninguna ciencia demasiado profunda, y en esta casa, mucho más que en ningún lugar

_mant_ (1697), dice: "Iba vestida como mi abuela y [...] tenía un _collet monté._"

[22] En el _Cuarto Libro_ (cap. LII), Rabelais ya describe a unas muchachas utilizando un grueso libro para planchar sus cuellos. También Furetière había hecho esa broma en su _Roman bourgeois_ (1666).

[23] Montaigne refiere la frase del duque de Bretaña: "Una mujer es bastante sabia cuando sabe diferenciar entre la camisa y el jubón de su marido."

del mundo, se dejan concebir los secretos más altos, y en mi hogar se sabe todo, menos lo que hay que saber; se sabe cómo van la luna, la estrella polar, Venus, Saturno y Marte, que a mí nada me importan; y, con ese vano saber que se va a buscar tan lejos, nadie sabe cómo anda mi puchero, que sí que necesito. Mis criados aspiran a la ciencia para agradaros, y hacen todo menos lo que tienen que hacer: razonar es la tarea de toda mi casa, y el razonamiento destierra de ella la razón: uno me quema el asado por leer no sé qué historia; otro piensa en versos cuando pido de beber; en fin, veo que siguen vuestro ejemplo y, teniendo servidores, nadie me sirve. Me había quedado una pobre criada que no estaba infestada de esa peste; y resulta que la echan con mucho escándalo porque al hablar ofende a Vaugelas. Os repito, hermana mía, que todo este trajín me irrita (porque, como ya he dicho, me dirijo a vos), no me gustan aquí dentro todas vuestras gentes de latines, y principalmente ese tal señor Trissotin: ha sido él quien en sus versos os ha hecho célebres; cuantas palabras dice son pamplinas; cuando termina de hablar hay que intentar saber qué ha dicho, y por lo que a mí respecta, le creo algo grillado[24].

Filaminta.— ¡Qué bajeza, oh Cielo, de alma y de lenguaje!

---

[24] "Esta tirada [...] que fue aplaudida durante más de dos siglos, irrita desde hace cincuenta años a las mujeres y a las jóvenes que encuentran en Molière un espíritu retrógrado" (Émile Fabre, *Notre Molière,* pág. 212). La tirada no deja de reflejar un estado de opinión en contra de la mujer, que venía de la Edad Media y que la literatura ha reflejado en todos los siglos: véase, por ejemplo, Pérez Galdós: en *Tristana* (cap. V), o en *La desheredada:* un estudiantón de medicina, Augusto Miquis, requiebra a Isidora Rufete, la protagonista, diciéndole: "El mayor encanto de la mujer es la ignorancia. Dime que el sol es una tinaja llena de lumbre; dime que el mundo es una plaza grande y te querré más. Cada disparate te hará subir un grado en el escalafón de la belleza..." *(La desheredada,* ed. de Enrique Miralles, Barcelona, Planeta, 1982, pág. 70).

Belisa.— ¿Puede haber reunión más pesada de corpúsculos?[25] ¿Un espíritu compuesto de átomos más burgués?[26] ¿Es posible que yo sea de esa misma sangre?[27] Antes muerta que ser de vuestra raza, y confundida dejo este lugar.

ESCENA VIII

FILAMINTA, CRÍSALO

FILAMINTA.— ¿Tenéis todavía algún ataque más que lanzar?

CRÍSALO.— ¿Yo? No. Dejemos la pelea, se acabó. Hablemos de otro asunto. A vuestra hija mayor se le nota cierta repugnancia por los lazos del himeneo; se trata, en fin, de una filósofa, nada tengo que decir. Está bien gobernada, y vos lo hacéis muy bien. Pero la hermana menor es de humor bien distinto, y creo que conviene colocar a Enriqueta, elegir un marido...

FILAMINTA.— Es lo que he pensado y quiero confiaros la intención que tengo. Ese tal señor Trissotin, cuya amistad nos reprochan como un crimen, y que no tiene el honor de que lo estiméis, es la persona que tomo por el marido que ella necesita. Y sé juzgar mejor que vos lo que vale: cualquier réplica es superflua, que el asunto, en todos sus aspectos, está por mi parte decidido. No

---

25 Los átomos de Epicuro (que aparecen citados en la línea siguiente), partes no divisibles de la materia, habían sido puestos de moda por Gassendi y por su traductor Bernier.

26 *"Burguesía* se dice a veces a mala parte, por oposición a un hombre de la corte, para significar un hombre poco galante, poco ingenioso, que vive y razona a la manera del bajo pueblo" (Furetière); en ese momento, el sentido peyorativo del término procedía de la nobleza, mientras que después de la Restauración procedió del pueblo, a impulso de las ideas socialistas.

27 En la escena V de *Las preciosas ridículas,* Madelón hace una reflexión semejante.

digáis ni palabra de la elección de este esposo, quiero comunicárselo a vuestra hija antes que vos: tengo buenas razones para hacer que mi conducta sea aprobada, y sabré de sobra si vos la habéis instruido.

## ESCENA IX

### ARISTO, CRÍSALO

ARISTO.— ¿Y bien? Vuestra mujer, hermano mío, se marcha y veo que acabáis de mantener una conversación.

CRÍSALO.— Sí.

ARISTO.— ¿Cuál es su resultado? ¿Tendremos a Enriqueta? ¿Ha consentido? ¿Está cerrado el asunto?

CRÍSALO.— Aún no del todo.

ARISTO.— ¿Se niega?

CRÍSALO.— No.

ARISTO.— ¿Vacila acaso?

CRÍSALO.— De ningún modo.

ARISTO.— Entonces ¿qué pasa?

CRÍSALO.— Que me propone a otro hombre por yerno.

ARISTO.— ¡Otro hombre por yerno!

CRÍSALO.— Otro.

ARISTO.— ¿Que se llama?

CRÍSALO.— Señor Trissotin.

ARISTO.— ¿Cómo? El tal señor Trissotin...

CRÍSALO.— Sí, el que siempre habla de versos y latines.

ARISTO.— Y vos ¿lo habéis aceptado?

CRÍSALO.— ¿Yo? De ningún modo, Dios no lo quiera.

ARISTO.— ¿Qué habéis respondido?

CRÍSALO.— Nada, y estoy muy satisfecho de no haber hablado, para no comprometerme.

ARISTO.— Bonita razón, y supone un gran paso. ¿Habéis podido proponerle al menos a Clitandro?

[133]

CRÍSALO.— No, porque, como he visto que se hablaba de otro yerno, he creído que lo mejor era no comprometerme.

ARISTO.— Realmente ¡vuestra prudencia es singular hasta el extremo! ¿No os da vergüenza vuestra blandura? ¿Es posible que un hombre sea tan débil como para dejar a su mujer un poder absoluto y no atreverse a discutir lo que ella ha decidido?

CRÍSALO.— ¡Dios mío! ¡Qué fácil habláis, hermano, y no sabéis cuánto me pesa el escándalo! Amo el reposo, la paz y la dulzura, y mi mujer tiene un humor terrible. Hace gran ostentación del nombre de filósofa, pero no por ello se enfurece menos; y su moral, hecha a despreciar los bienes, ninguna mella hace en la acritud de su bilis. A poco que uno se oponga a lo que su cabeza quiere, hay para ocho días de tempestad espantosa. Cuando adopta su tono me hace temblar, no sé dónde meterme, y es un verdadero dragón; y sin embargo, con toda su diablería, tengo que llamarla "corazón mío" y "querida".

ARISTO.— Vamos, eso es burla. Entre nosotros, vuestra mujer os domina por vuestras cobardías. Su poder sólo está basado en vuestra debilidad, es de vos de quien ella toma el título de dueña; vos mismo os entregáis a su altivez, y como animal os dejáis llevar de las narices. ¿Cómo? Viendo cómo se os trata ¿no podéis decidiros de una vez a intentar ser un hombre? ¿A hacer que una mujer se pliegue a vuestros deseos y a tener suficiente valor para decir un "Yo lo quiero"? Sin avergonzaros ¿dejaréis inmolar vuestra hija a las locas quimeras que alteran la familia, y entregaréis toda vuestra hacienda a un necio por seis latines con los que las encandila, a un pedante al que, por cualquier motivo, vuestra mujer da el nombre de ingenio y de gran filósofo, a un hombre cuyos versos galantes nadie nunca igualó y que es, como se sabe, cualquier cosa menos eso? Vamos, ya está bien, todo esto es una burla y vuestra cobardía merece que de ella nos riamos.

CRÍSALO.— Sí, tenéis razón, y veo que me he equivocado. En fin, habrá que demostrar mayor ánimo, hermano mío.

ARISTO.— Eso está bien dicho.

CRÍSALO.— Es infame estar tan sometido al poder de una mujer.

ARISTO.— Muy bien.

CRÍSALO.— Se ha aprovechado demasiado de mi blandura.

ARISTO.— Es cierto.

CRÍSALO.— Ha gozado en exceso de mi facilidad.

ARISTO.— Desde luego.

CRÍSALO.— Y hoy quiero hacerle saber que mi hija es mi hija, y que yo soy dueño de elegirle un marido conforme a mis deseos.

ARISTO.— Eso es ponerse en razón, y así es como os quiero.

CRÍSALO.— Vos estáis de parte de Clitandro, y sabéis dónde vive: hacedle venir, hermano, al instante.

ARISTO.— Voy ahora mismo corriendo.

CRÍSALO.— Demasiado he soportado ya, y voy a demostrar que soy un hombre en las mismas barbas de la gente.

# ACTO III

## ESCENA PRIMERA

<small>Filaminta, Armanda, Belisa, Trissotin, Espina</small>

Filaminta.— ¡Ah! Pongámonos aquí para escuchar cómodamente estos versos que hay que pesar palabra por palabra.

Armanda.— Ardo por verlos.

Belisa.— Y en nuestra casa morimos de impaciencia.

Filaminta.— Para mí es hechizo cuanto sale de vos.

Armanda.— Y para mí una dulzura sin igual.

Belisa.— Son manjares riquísimos para mi oído.

Filaminta.— No tengáis en suspenso anhelos tan acuciantes.

Armanda.— Daos prisa.

Belisa.— Cuanto antes, y apresurad nuestros placeres.

Filaminta.— Ofreced vuestro epigrama a nuestra impaciencia.

Trissotin.— ¡Ay! Es un recién nacido, señora. A buen seguro su destino ha de conmoveros, porque es en vuestra corte donde voy a darlo a luz.

Filaminta.— Para que yo lo ame, le basta ser de su padre.

Trissotin.— Vuestra aprobación puede servirle de madre.

Belisa.— ¡Cuánto ingenio tiene!

## ESCENA II

ENRIQUETA, FILAMINTA, ARMANDA, BELISA,
TRISSOTIN, ESPINA

FILAMINTA.— ¡Hola! ¿Por qué huís?

ENRIQUETA.— Por miedo a perturbar una conversación tan tierna.

FILAMINTA.— Acercaos, venid, y con todos vuestros oídos tomad parte en el placer de escuchar maravillas.

ENRIQUETA.— Capto poco las bellezas de cuanto se escribe, y no son cosa mía las cosas del ingenio.

FILAMINTA.— No importa; además, luego he de deciros un secreto del que debéis estar al tanto.

TRISSOTIN.— Las ciencias nada tienen que pueda entusiasmaros, que sólo os ufanáis de saber encantar.

ENRIQUETA.— Ni una cosa ni otra, y no tengo ninguna gana...

BELISA.— ¡Ah! Pensemos en el recién nacido, por favor.

FILAMINTA.— Vamos, muchacho, pronto, algo para sentarnos. *(El lacayo se cae con la silla.)* ¡Ved qué impertinente! ¿Debe uno caerse después de haber aprendido el equilibrio de las cosas?

BELISA.— ¿No ves, ignorante, las causas de tu caída, que proviene de haber separado del punto fijo[28] lo que denominamos centro de gravedad?

ESPINA.— Me he dado cuenta, señora, cuando estaba ya en el suelo.

FILAMINTA *[A Espina que sale]*. — ¡Qué torpe!

TRISSOTIN.— Bien le viene no ser de vidrio.

---

[28] El *punto fijo* es el punto de aplicación de la resultante de los efectos de la pesantez sobre un cuerpo; cuando el cuerpo está en equilibrio coincide con el centro de gravedad.

ARMANDA.— ¡Ah! ¡Cuánto ingenio para todo!

BELISA.— No se le agota. *[Se sientan.]*

FILAMINTA.— Servidnos raudamente vuestro amable alimento.

TRISSOTIN.— Para esa gran hambre que a mis ojos se expone, poca cosa me parece un plato de sólo ocho versos, y pienso que en este paso no saldré mal si al epigrama, o bien al madrigal, uno la salsa de un soneto que por delicado ha pasado en casa de una princesa. Todo él está sazonado de sal ática, y creo que os parecerá de bastante buen gusto[29].

ARMANDA.— ¡Ah!, no lo dudo.

FILAMINTA.— Oigámoslo enseguida.

BELISA, *interrumpiéndole cada vez que Trissotin quiere leer.*— Siento mi corazón estremecerse de gusto por adelantado. Amo la poesía con tozudez, sobre todo cuando los versos están hechos con galantería.

FILAMINTA.— Si seguimos hablando, no podrá decir nada.

TRISSOTIN.— SO...

BELISA.— ¡Silencio, sobrina!

TRISSOTIN.— SONETO A LA PRINCESA URANIA[30]

Sobre su fiebre
*Vuestra prudencia está dormida
de tratar magníficamente
y alojar soberbiamente
vuestra más cruel enemiga.*

---

[29] Del gusto desmedido por la metáfora ya se burlaba *Las preciosas ridículas* (escena IX). Belisa ha marcado la pauta al principio de este mismo acto comparando los "alimentos" espirituales con los gastronómicos: "Son manjares riquísimos para mi oído." Y Trissotin sigue su ejemplo en esta tirada.

[30] En las *Œuvres mêlées* del abate Cotin, Molière encontró un soneto a Mlle. de Longueville, "en la actualidad duquesa de Nemours, sobre sus cuartanas", que es el que reproduce aquí —cambiando en el título el nombre de la duquesa para no molestarla— como modelo ridículo de preciosismo, aunque hubiera sido aplaudido "en casa de una princesa": en el palacio de la Grande Mademoiselle, hija de Gaston d'Orléans.

BELISA.— ¡Ay, qué comienzo tan bonito!

ARMANDA.— ¡Qué galano es el estilo!

FILAMINTA.— ¡Sólo él tiene el talento de los versos sueltos!

ARMANDA.— Ante *prudencia dormida* hay que rendir las armas.

BELISA.— *Alojar a su enemiga* está lleno de hechizos para mí.

FILAMINTA.— Y a mí me gustan *soberbiamente* y *magníficamente:* ¡qué admirables esos dos adverbios juntos!

BELISA.— Prestemos oído al resto.

TRISSOTIN.—

> *Vuestra prudencia está dormida*
> *de tratar magníficamente*
> *y alojar soberbiamente*
> *vuestra más cruel enemiga.*

ARMANDA.— *¡Prudencia dormida!*

BELISA.— *¡Alojar a su enemiga!*

FILAMINTA.— *¡Soberbiamente* y *magníficamente!*

TRISSOTIN.—

> *Hacedla salir, aunque digan,*
> *de vuestro rico aposento,*
> *donde esa ingrata insolente*
> *ataca vuestra hermosa vida.*

BELISA.— ¡Ay! Más despacio, dejadme, por favor, que respire.

ARMANDA.— Dadnos, si os place, tiempo para admirar.

FILAMINTA.— En estos versos se siente fluir, hasta el fondo del alma, un no sé qué que pasma[31].

---

[31] *"Un no sé qué que..."*, también se había puesto de moda, hasta el exceso, en la literatura francesa; Bossuet hará célebre la expresión empleándola para evocar un cadáver descompuesto: "Un no sé qué que no tiene nombre en ninguna lengua."

ARMANDA.—

> *Hacedla salir, aunque digan,*
> *de vuestro rico aposento,*

¡Qué bien dicho está lo de *rico aposento!* ¡Y con qué ingenio está puesta la metáfora!

FILAMINTA.—

> *Hacedla salir, aunque digan,*

¡Ah! ¡Qué gusto tan digno de admiración ese *aunque digan!* Ese pasaje no tiene precio en mi opinión.

ARMANDA.— También mi corazón se ha prendado de ese *aunque digan.*

BELISA.— Soy de vuestro parecer, *aunque digan* es un hallazgo.

ARMANDA.— Me gustaría haberlo escrito yo.

BELISA.— Vale por toda una obra.

FILAMINTA.— Pero ¿comprendéis bien, como yo, la sutileza?

ARMANDA Y BELISA.— ¡Oh, oh!

FILAMINTA.—

> *Hacedla salir, aunque digan,*

¡Cuánto interés centrado aquí en la fiebre! No ahorréis miramientos, burlaos de las habladurías.

> *Hacedla salir, aunque digan:*
> *Aunque digan, aunque digan,*

Ese *aunque digan* dice mucho más de lo que parece. No sé si estaréis de acuerdo conmigo, pero yo oigo por debajo un millón de palabras.

BELISA.— Cierto que dice más cosas de las que lleva dentro.

FILAMINTA.— Pero, cuando habéis escrito ese delicioso *aunque digan*, ¿habéis comprendido toda su energía? ¿Pensabais vos mismo en todo lo que nos dice, y se os ocurría entonces que poníais en él tanto ingenio?

TRISSOTIN.— ¡Ay, ay!

ARMANDA.— También yo tengo *ingrata* en la cabeza: esa ingrata de fiebre, injusta, deshonesta que trata mal a la gente que la aloja en su casa[32].

FILAMINTA.— En fin, que los dos cuartetos son admirables; vengamos rápidamente a los tercetos, os lo ruego.

ARMANDA.— Ay, por favor, repetid una vez más *aunque digan.*

TRISSOTIN.— *Hacedla salir, aunque digan,*

FILAMINTA, ARMANDA Y BELISA.— *¡Aunque digan!*

TRISSOTIN.— *De vuestro rico aposento,*

FILAMINTA, ARMANDA Y BELISA.— *¡Rico aposento!*

TRISSOTIN.— *Donde esa ingrata insolente,*

FILAMINTA, ARMANDA Y BELISA.— ¡Esa fiebre *ingrata!*

TRISSOTIN.—*Ataca vuestra hermosa vida.*

FILAMINTA.— *¡Vuestra hermosa vida!*

ARMANDA Y BELISA.— ¡Ah!

TRISSOTIN.—

> *¡Cómo! ¿Sin respetar vuestro rango*
> *a vuestra sangre se agarra...*

FILAMINTA, ARMANDA Y BELISA.— ¡Ah!

TRISSOTIN.—

> *Y noche y día os ultraja?*[33]
> *Si os la lleváis a los baños,*
> *sin vacilación alguna,*
> *ahogadla en vuestras manos.*

FILAMINTA.— No puedo más.

BELISA.— Quedo pasmada.

ARMANDA.— De placer muero.

FILAMINTA.— ¡Mil dulces estremecimientos me arrebatan!

ARMANDA.— *Si os la lleváis a los baños,*

BELISA.— *Sin vacilación alguna*

---

[32] Nada menos que personas de sangre real, como la duquesa de Nemours, hermana del Gran Condé.

[33] Cotin decía en su poema *"día y noche":* es la única diferencia entre el soneto de Trissotin y el de Cotin.

FILAMINTA.— *Ahogadla en vuestras manos:* Con vuestras propias manos, ahogadla entonces en los baños.

ARMANDA.— En vuestros versos cada paso encuentra un rasgo encantador.

BELISA.— Por todas sus partes se pasea una . con arrobo.

FILAMINTA.— En ellos sólo se puede caminar sobre cosas hermosas.

ARMANDA.— Son pequeños senderos todos sembrados de rosas.

TRISSOTIN.— El soneto entonces os parece...

FILAMINTA.— Admirable, nuevo, nunca ha hecho nadie nada tan bello.

BELISA.— ¿Cómo? ¿Y no os ha emocionado la lectura? ¡Qué rara actitud la vuestra, sobrina!

ENRIQUETA.— En este mundo cada cual adopta la actitud que puede, tía; y un ingenio no es sólo quien quiere.

TRISSOTIN.— Tal vez mis versos molesten a la señora.

ENRIQUETA.— No: yo no escucho.

FILAMINTA.— ¡Ah! Veamos ahora el epigrama[34].

TRISSOTIN.— SOBRE UNA CARROZA COLOR AMARANTO[35], DADA A UNA DAMA AMIGA SUYA

---

[34] El epigrama está sacado de las *Œuvres galantes* del abate Cotin (1663), donde lleva el calificativo de "madrigal" y el título de "Sobre una carroza de color amaranto, comprada por una dama". Hay en los dos últimos versos un calambur *(amarante... rente* suenan igual en francés) que pareció demasiado burdo incluso al autor, quien lo justificó así: "Como gracia a griegos y latinos y también a algunos franceses nuestros que gustan de estos encuentros de palabras, lo he perdonado en este epigrama." Los franceses que gustaban de esos "encuentros de palabras" eran los *Turlupins* y sus calambures recibían el nombre de "turlupinadas"; Labruyère arremete contra ellos: "mediante todo lo que llamaban delicadeza, sentimiento, giro y finura de expresión, habían conseguido finalmente no ser entendidos y no entenderse entre ellos mismos" *(Les Caractères,* "De la société et de la conversation", § 65, en *Œuvres complètes,* ed. de Julien Benda, París, Gallimard, Bibl. de La Pléiade, 1978, pág. 168).

[35] Flor de color intermedio entre el violeta y el púrpura, carmesí; amaranto parece que era el jubón con que Molière interpretaba el papel de Argán, en *El enfermo imaginario,* el 17 de febrero de 1673:

FILAMINTA.— Siempre hay algo peregrino en estos títulos.

ARMANDA.— Su novedad prepara para cien bellas agudezas.

TRISSOTIN.—

*Tan caro me ha vendido su lazo el amor...*

BELISA, ARMANDA Y FILAMINTA.— ¡Ah!

TRISSOTIN.—

*Que ya me ha costado la mitad de mis bienes;*
*Y cuando veas esa bella carroza*
*donde tanto oro aparece en relieve*
*que asombra a todo el país*
*y con pompa hace triunfar a mi Laís* [36]...

FILAMINTA.— ¡Ah! *¡Mi Laís!* ¡Eso sí que es erudición!

BELISA.— La envoltura[37] es bonita, y vale un millón.

TRISSOTIN.—

*Y cuando veas esa bella carroza*
*donde tanto oro aparece en relieve*
*que asombra a todo el país*
*y con pompa hace triunfar a mi Laís.*
*no digas que es de color amaranto,*
*di más bien que es de mi renta.*

ARMANDA.— ¡Oh, oh, oh! ¡Nadie espera ese final!

FILAMINTA.— Sólo él puede escribir con ese gusto.

BELISA.—

*No digas que es de color amaranto,*
*di más bien que es de mi renta.*

---

indispuesto sobre escena, hubo de ser trasladado a su casa, donde moría una hora después.

[36] *Laís:* cortesana griega del siglo V antes de Cristo de gran fama en la literatura clásica como símbolo del amor venal.

[37] La metáfora que esconde el nombre de la dama, a quien está dedicado el madrigal, tras la alusión a la mujer histórica.

Esto se declina así: *mi renta, de mi renta, a mi renta*.

FILAMINTA.— No sé si desde el momento en que os conocí, tuve mi espíritu prejuiciado por vos, pues en todas partes admiro vuestros versos y vuestra prosa.

TRISSOTIN.— Si tuvierais a bien mostrarnos algo vuestro, también podríamos admirar a nuestra vez.

FILAMINTA.— Nada tengo hecho en verso[38], mas puedo esperar que pronto podré mostraros, como amiga, ocho capítulos del proyecto de nuestra academia. Platón se detuvo simplemente en el proyecto cuando hizo el tratado sobre su República[39]; mas yo quiero llevar hasta el final la idea que tengo sobre el papel acomodada en prosa. Porque, en fin, siento un extraño despecho por el daño que nos causan en lo relativo al talento, y quiero vengar, a tantas como somos, de esa indigna categoría en que nos ponen los hombres, limitando nuestros talentos a futilidades y cerrándonos la puerta a las sublimes claridades.

ARMANDA.— Es hacer grandísima ofensa a nuestro sexo limitar el esfuerzo de nuestra inteligencia a juzgar de una falda o de la gracia de un manto, de las bellezas de un punto o de un brocado nuevo.

BELISA.— Hay que liberarse de ese vergonzoso reparto y poner altivas nuestro espíritu al margen de cualquier servidumbre[40].

---

[38] Sin embargo, en la escena ii del acto IV Armanda declara a su madre haberle leído a Clitandro versos que al joven no le han gustado. Filaminta puede jugar a hacer versos con inexpertos o con sus hijas, pero no ante un "maestro" como Trissotin.

[39] En el V libro de su tratado *República,* Platón no habla de una academia para mujeres, pero sí propone la igualdad de deberes, de educación y de funciones para los dos sexos: "¿Hay, por lo tanto, una misma naturaleza en la mujer y en el hombre en relación con el cuidado del Estado, excepto en que en ella es más débil y en él más fuerte? — Parece que sí." *(Diálogos,* IV, *República,* 456 *a,* trad. Conrado Eggers Lan, Madrid, Editorial Gredos, 1988, pág. 255).

[40] *"Hors de page":* en la Edad Media, los pajes de reyes y grandes

TRISSOTIN.— Es conocido mi respeto en todas partes por las damas; y, si rindo homenaje al brillo de sus ojos, también honro las luces de su ingenio.

FILAMINTA.— También el bello sexo os rinde a vos justicia en estas materias; mas queremos demostrar a ciertos espíritus, cuyo orgulloso saber nos trata con desprecio, que también las mujeres son capaces de ciencia; que, como ellos, se pueden hacer doctas reuniones, guiadas en esto por mejores principios, pues en ellas se quiere reunir lo que en otras partes se separa[41], aunar el bello lenguaje con las altas ciencias, descubrir la naturaleza con mil experiencias, y sobre las cuestiones que puedan proponerse permitir la entrada a toda secta[42], mas no abrazar ninguna.

---

señores eran niños de siete años; a los catorce, se estaba *hors de page:* "Se dice figuradamente de los que se han liberado de algún poder o autoridad que tomaban sobre ellos" (Furetière).

[41] Sólo existía una Academia real; con posterioridad a la Académie Française, fundada por Richelieu en 1635, Colbert había fundado, en 1663, la Academia de Inscripciones, y en 1666 la Academia de Ciencias. En ese mismo año, Charles Perrault redactaba para Colbert una nota proponiéndole la creación de una academia de carácter universal, con cuatro "rúbricas": literatura, historia, filosofía y matemáticas.

Si no existía una Academia exclusivamente femenina, como propone Filaminta, en París y provincias se habían multiplicado y en algunas figuraban mujeres; Richelet introduce el término *"académicienne"* en su *Dictionnaire* de 1680, con la siguiente definición: "Palabra nueva hecha a propósito de Mme. Deshoulières [1638-1694]. Indica la persona del bello sexo a la que se ha admitido en una Academia de literatos. La Academia real de Arles ha enviado a la ingeniosa Mme. Deshoulières unas *Cartas de Academia* y ella ha sido la primera de las mujeres en ser admitida." Sin embargo, en abril de 1663, la Academia real de pintura había admitido a Catherine Duchemin, y Madeleine de Scudéry (1607-1701) formó parte de la academia de los Ricovrati de Padua. Hubo, además, mujeres que destacaron en distintos campos: Mme. de Sablé (1599-1678) había estudiado física, historia natural y filosofía con los principales maestros; poco después de la muerte de Molière aparece *La Igualdad de los sexos*, obra de Poulain de la Barre, quien en otro de sus textos invitaba a las mujeres de cualquier edad a instruirse.

[42] Se trata de una metonimia: las opiniones de cada escuela filosófica.

TRISSOTIN.—Yo me adhiero, en punto a principios, al peripatetismo[43].

FILAMINTA.— Por las abstracciones me gusta el platonismo[44].

ARMANDA.— Epicuro[45] me gusta, y audaces son sus dogmas.

BELISA.— Yo me acomodo bastante bien a los corpúsculos, mas el vacío que hay que soportar me parece difícil, y por eso prefiero la materia sutil[46].

TRISSOTIN.— Descartes, en la cuestión del imán[47], hace trabajar mi sentido.

ARMANDA.— Yo amo sus torbellinos[48].

FILAMINTA.— Y yo, sus mundos que caen[49].

ARMANDA.— Me muero de impaciencia por ver abierta nuestra asamblea y distinguirnos con algún descubrimiento.

TRISSOTIN.— Se espera mucho de vuestras vivas claridades, que son pocas las oscuridades que la naturaleza tiene en vos.

---

[43] Doctrina de Aristóteles, que había intentado poner *orden* en todas las disciplinas; ese orden se sustentaba en dos pilares: la lógica formal y el método riguroso.

[44] Para su teoría de las *ideas* Platón parte de lo real aparente y llega mediante la abstracción a las ideas, que son "realidad eterna".

[45] El pensamiento de este filósofo griego (341-270 a. de C.) estaba en boga a través de Lucrecio y su *De rerum natura;* su doctrina materialista había sido utilizada parcialmente por Gassendi frente a Descartes y eran, en ese momento, las ideas filosóficas que mayor persecución sufrían.

[46] Según los cartesianos, la *materia sutil* era un elemento fundamental, sutil y fluido, hecho únicamente de extensión, que existía en todos los cuerpos.

[47] Descartes expone su teoría de los imanes en sus *Principios de la filosofía:* "Toda la tierra es un imán y comunica también al fuego algo de su virtud."

[48] Alusión a la teoría cartesiana de los torbellinos (*Principios de la filosofía*): "Todo este gran amasijo de materia celeste que va desde el sol hasta las estrellas fijas gira en redondo [...] he ahí un gran torbellino, del que el sol es como el dueño. Pero al mismo tiempo los planetas se componen de pequeños *torbellinos* particulares" (Furetière).

[49] Los cometas y las estrellas fugaces.

FILAMINTA.— Modestamente debo decir que ya he hecho uno, pues he visto con toda nitidez unos hombres en la luna[50].

BELISA.— Yo aún no he visto hombres, según creo, pero sí he visto campanarios igual que os veo a vos.

ARMANDA.— Profundizaremos, así como en la física, en gramática, en historia, en política, en versos y en moral.

FILAMINTA.— La moral tiene encantos que prendan mi corazón, y era en tiempos pasados la afición de los grandes talentos; mas pongo por encima de todos a los estoicos, que no encuentro nada tan hermoso como su sabio[51].

ARMANDA.— En cuanto a la lengua, dentro de poco veremos nuestros reglamentos, que pretendemos hacer en ella revoluciones. Por antipatía justa o natural[52], cada una de nosotras siente un odio mortal por cierto número de palabras, ya sean verbos o nombres, que mutuamente aceptamos rechazar; contra ellas preparamos sentencias de muerte[53], y debemos iniciar nuestras doctas conferencias con las proscripciones de todas esas diversas palabras de las que queremos purgar tanto la prosa como los versos.

FILAMINTA.— Pero el proyecto más hermoso de nuestra academia, una noble empresa con la que estoy encantada, un designio lleno de gloria que merecerá alabanzas de todos los grandes talentos de la posteridad, es

---

[50] Desde Cyrano de Bergerac (*États et empires de la Lune,* 1650) se había difundido la obsesión por la luna, la posible existencia de habitantes, de plantas, etc. El tema había llegado a las fábulas de La Fontaine (IV, 18): "Un animal en la luna."

[51] El sabio por excelencia era el estoico desde que Zenón de Citio lo definiera. Gilles Boileau y La Mothe Le Vayer habían traducido o comentado a Diógenes Laercio y Epicteto.

[52] Es decir: fundada en la razón o en la sensibilidad natural.

[53] Saint-Évremond había publicado la *Comédie des académistes,* donde se decretaban sentencias de muerte contra términos que los puristas no admitían, empezando por la Academia Francesa.

la supresión de esas sílabas sucias[54] que producen escándalo en las palabras más hermosas, esos juguetes eternos de los tontos de todos los tiempos, esos sosos lugares comunes de nuestros graciosos sin gracia, esas fuentes de un montón de equívocos infames[55] con los que se insulta el pudor de las mujeres.

TRISSOTIN.— ¡Admirables proyectos, ciertamente!

BELISA.— Ya veréis nuestros estatutos cuando estén todos hechos.

TRISSOTIN.— No dejarán de ser hermosos y sensatos.

ARMANDA.— Por nuestras leyes seremos los jueces de las obras; por nuestras leyes, todo, prosa y verso, nos estará sometido. Nadie tendrá talento salvo nosotras y nuestros amigos; en todas partes intentaremos buscar

---

[54] Por "sucias" debe entenderse las que manchaban el sentido del idioma de los puristas y de algunas preciosas pudibundas: llegó a entablarse, por ejemplo, una gran disputa a propósito de un término como *car* (coche, carruaje), o como *oui* dicho a una dama de condición, porque "suenan mal a los oídos castos y, aunque se pronuncien inocentemente, no dejan de ensuciar la imaginación", según R. Bary, *(Journal de conversation,* París, 1673). Otras eran *poitrine* (pecho), *culotte* (calzón), ésta por la sílaba "sucia", *cul...* En La Bruyère *(Les caractères,* ed. cit., "De quelques usages", § 73, págs. 431-435) se encuentran ecos de esas luchas de época en torno al idioma. En la *Crítica de La escuela de las mujeres,* Molière dice por boca de Dorante de una devota: "No hay casi palabras a las que la severidad de esa dama no quiera cortarle la cabeza o la cola, por las sílabas deshonestas que en ellas se encuentran" (escena v).

[55] Términos obscenos con los que se entretenían los poetas libertinos y también los puritanos que derrochaban su ingenio buscando equívocos donde no los había: "Conozco un hombre de gran ingenio [...] que no escribe nunca *cosa* porque es una palabra que crea sucios equívocos" (Vaugelas). La obscenidad del empleo de algunos términos había llegado también a las querellas que sobre la inmoralidad del teatro se suscitaban periódicamente en Francia desde hacía un siglo, recrudecidas a mediados de la centuria consiguiendo, incluso, dividir a los dramaturgos. Molière fue atacado desde sus primeras obras por "equívocos" como el *le* de *La escuela de las mujeres* (1663). Sobre la querella en torno a la moralidad de las tablas, véase el prólogo a *El Tartufo o El impostor,* edición de M. Armiño, en especial págs. 54-60, Madrid, Espasa-Calpe, 1994.

motivos de crítica, y no encontraremos a nadie, salvo nosotras, que sepa escribir bien[56].


ESCENA III

ESPINA, TRISSOTIN, FILAMINTA, BELISA, ARMANDA,
ENRIQUETA, VADIUS

ESPINA.— Señor, ahí fuera hay un hombre que quiere hablar con vos. Va vestido de negro y habla en tono suave.

TRISSOTIN.— Es ese amigo sabio que tantas instancias me ha hecho para que le conceda el honor de conoceros.

FILAMINTA.— Gozáis de toda confianza para hacerle venir. Hagámosle bien, al menos, los honores de nuestro talento. ¡Hola! Ya os he dicho con palabras muy claras que os necesito.

ENRIQUETA.— Pero ¿para qué asunto?

FILAMINTA.— Venid, dentro de poco os lo haré saber.

TRISSOTIN.— Éste es el hombre que se muere por veros, y, al presentároslo, no temo la censura de haber traído a vuestra casa a un profano, señora: entre gentes de talento puede defender su rincón[57].

FILAMINTA.— La mano que lo presenta habla de sobra de su valía.

---

56 Las palabras de Filaminta no son producto de la invención de Molière: estatutos para ese tipo de academias femeninas ya se hallaban esbozados en la *Requête présentée par les dictionnaires à MM. de l'Académie,* de Ménage (1649), en *La Comédie des académistes,* de Saint-Évremond (III, escena final) y en *L'Académie des femmes,* de Chapuzeau (1661) que tal vez inspiró a Molière sus *Preciosas ridículas.*

57 "Se dice que un hombre *tient bien son coin* cuando sabe aguantar bien y devolver los golpes que llegan hacia su lado, y figuradamente que un hombre *tient bien son coin* en una conversación, en unos tratos de negocios cuando habla con precisión y en el momento oportuno cuando le corresponde hablar" (Furetière).

TRISSOTIN.— Tiene la plena inteligencia de los viejos autores, y sabe, señora, griego, como hombre de Francia[58].

FILAMINTA.— ¡Griego, oh cielos, griego! ¡Sabe griego, hermana!

BELISA.— ¡Ah, sobrina, griego!

ARMANDA.— ¡Griego! ¡Qué delicia!

FILAMINTA.— ¿Cómo? ¿El señor sabe griego? ¡Ah, permitid, por favor, que por amor al griego, señor, os bese!

*(Él las besa a todas, menos a Enriqueta, que lo rechaza.)*

ENRIQUETA.— Perdonadme, señor, yo no entiendo el griego.

FILAMINTA.— Siento por los libros griegos un respeto maravilloso.

VADIUS.— Temo ser enfadoso por el ardor que me impulsa, señora, a rendiros hoy mi homenaje, y tal vez haya interrumpido alguna docta conversación.

FILAMINTA.— Señor, con el griego no se puede estropear nada.

TRISSOTIN.— Además hace maravillas tanto en verso como en prosa, y si quisiera podría mostraros algo.

VADIUS.— El defecto de los autores, en sus obras, es tiranizar con ellas las conversaciones y estar en el Palais, en los Paseos[59], en las alcobas y en las mesas fatigando

---

[58] Molière arremete contra el trasunto de Vadius, el helenista Gilles Ménage (1613-1692); esa identificación fue vista por todo el mundo, salvo por Ménage, que había escrito algunos poemas en griego, por regla general epigramas dedicados a Scarron, a Mme. de Scudéry, etc. Traductor de Diógenes Laercio, fue hombre de no escaso mérito y uno de los eruditos más brillantes de su siglo. André Gide *(Feuillets,* 1919) se hace eco de la contradicción: la obra de un gran escritor "debe una parte de su grandeza a su oportunidad. En nuestra época, Molière tal vez se hubiera burlado de Verlaine, y esto habría sido molesto; mientras que estaba bien que se burlase de Vadius [...] El gran hombre es aquel cuyas cualidades son mejor favorecidas por la época [...] Existe entre ella y él una especie de complicidad".

[59] Vadius evoca los lugares de moda, el Palais, los *cours,* que probablemente eran el de Saint-Antoine, el de Vicennes o el Cours-la-Rei-

con sus versos a lectores infatigables. Por mi parte, no veo nada más necio a mi parecer que un autor que va mendigando inciensos por todas partes y que, apoderándose de los oídos del primero que llega, lo convierte la mayoría de las veces en mártir de sus veladas. Nunca se ha visto en mí esa loca obstinación; y comparto en este punto la opinión de un griego, quien, con dogma expreso, prohíbe a todos sus sabios la indigna diligencia de leer sus obras[60]. Aquí tengo unos versitos para enamorados jóvenes, sobre los que mucho me gustaría saber vuestra opinión.

Trissotin.— Vuestros versos tienen bellezas que no tiene ninguno de los demás.

Vadius.— Las Gracias y Venus reinan en los vuestros.

Trissotin.— Vos tenéis un estilo libre, y una bella elección de términos.

Vadius.— En vos se ve por todas partes el *ithos* y el *pathos*[61]

Trissotin.— De vos hemos visto églogas de un estilo[62] que supera en dulces atractivos a Teócrito y a Virgilio.

---

ne, que reunían a la aristocracia y a la riqueza parisina. Sólo había salones en los palacios principescos. En los palacetes o casas particulares, se utilizaba para recibir un aposento de gala cuyo centro estaba ocupado por una cama montada sobre un estrado rodeado de balaustres; de este modo, a ambos lados de la cama quedaban dos *ruelles* o callecitas laterales: una para los invitados y otra para los criados. En la fecha de la comedia, las damas recibían sentadas en las *ruelles,* y no como en tiempos de Luis XIII, echadas sobre la cama. *Ruelles* vino a significar: "las alcobas y lugares engalanados donde las damas reciben sus visitas, bien en la cama, bien en asientos" (Furetière).

[60] Los comentaristas no han encontrado en ningún autor griego esas ideas; figuran, sin embargo, en varios pasajes de Horacio; en las *Sátiras* (I, versos 73-74), en las *Epístolas* (I, v. 90) y en los últimos versos del *Arte poética.*

[61] Según la *Menagiana,* el término griego *ethos* debía pronunciarse *ithos,* "de la forma en que toda Grecia lo lee y lo pronuncia hoy". De acuerdo con la retórica clásica, ambos términos señalan las dos clases de efectos elocuentes para la oratoria: el sentimiento *(ithos)* que conmueve el alma y la pasión *(pathos)* que la altera. O también, la moral y la pasión.

[62] Había un primer libro de églogas en la 5ª edición de los *Poema-*

VADIUS.— Vuestras odas poseen un aire noble, galante y suave, que, en comparación, deja pequeño a Horacio.

TRISSOTIN.— ¿Hay algo tan amoroso como vuestras cancioncillas?

VADIUS.— ¿Puede verse nada igual a los sonetos que vos hacéis?

TRISSOTIN.— ¿Hay algo más encantador que vuestros pequeños rondós?

VADIUS.— ¿Hay algo tan lleno de ingenio como vuestros madrigales?

TRISSOTIN.— Vos sois admirable, sobre todo, en las baladas.

VADIUS.— Y en vuestros pies forzados[63] os encuentro adorable.

TRISSOTIN.— Si Francia pudiera conocer vuestro valor...

VADIUS.— Si el siglo hiciera justicia a los talentos...

TRISSOTIN.— En carroza de oro iríais por las calles.

VADIUS.— Se vería al público levantaros estatuas. ¡Hum! Es una balada, y quiero que con toda claridad vos me...

TRISSOTIN.— ¿Habéis visto cierto sonetillo sobre la fiebre que tiene la princesa Urania?

VADIUS.— Sí, ayer me lo leyeron en una reunión.

TRISSOTIN.— ¿Sabéis quién es su autor?

---

ta de Ménage (1668), pero los espectadores de esta escena debían oír, sobre todo, los ecos de varias querellas de la época: sobre todo la disputa entre Ménage y Gilles Boileau, quien acusó al primero de haber plagiado la égloga *Christine*. Otros ingenios le denunciaron por otros plagios: el abate Cotin, en su *Menagérie,* pedía para el helenista el castigo a que se condenaba a los ladrones, la horca, por saquear a los antiguos. D'Aubignac le acusó de latrocinio; Casaubon hijo proclamó que había robado las notas de su padre en la traducción de Diógenes Laercio; Chevreau las suyas sobre Malherbe, etc.

[63] Hacía una veintena de años que Dulot —"ese loco de poeta real y archiepiscopal" (Tallemant des Réaux), y del que también se había burlado Sarasin en *Dulot vencido o la Derrota de los pies forzados*—, había puesto de moda los poemas de pie forzado.

Vadius.— No, mas sé muy bien que, de no alabarlo, su soneto nada vale.

Trissotin.— Sin embargo muchas personas lo encuentran admirable.

Vadius.— Lo cual no impide que sea miserable: y, si vos lo habéis visto, seréis de mi opinión.

Trissotin.— En ese punto sé que no estamos de acuerdo, y que pocas personas con capaces de un soneto como ése.

Vadius.— ¡Líbreme el Cielo de hacerlos semejantes!

Trissotin.— Yo sostengo que no se puede mejorar: y mi razón mayor es que yo soy el autor.

Vadius.— ¡Vos!

Trissotin.— Yo.

Vadius.— No sé cómo ha podido ocurrir.

Trissotin.— Desgracia ha sido no poder agradaros.

Vadius.— Habrá sido preciso que, al escucharlo, estuviese distraído, o bien que el lector me haya echado a perder el soneto. Pero dejemos ese asunto y veamos mi balada.

Trissotin.— Para mi gusto la balada es algo insulso. Ya no está de moda, huele a tiempos pasados.

Vadius.— Sin embargo la balada encanta a mucha gente.

Trissotin.— Lo cual no impide que me desagrade.

Vadius.— No por ello ha de ser peor.

Trissotin.— Para los pedantes[64] tiene atractivos maravillosos.

Vadius.— Vemos, sin embargo, que a vos no os complace.

Trissotin.— Neciamente atribuís vuestras cualidades a los demás.

---

[64] Entiéndase en su sentido etimológico: maestros que enseñan a los niños; gozaban de mala fama por su falta de saber y de ingenio comparados con las gentes de mundo, como dice Clitandro en la escena iii del acto II.

VADIUS.— Vos me lanzáis las vuestras de forma muy impertinente.

TRISSOTIN.— ¡Largaos ya, estudiantón, garrapateador de papeles!

VADIUS.— ¡Largaos vos, ripioso, oprobio del oficio!

TRISSOTIN.— ¡Largaos, ropavejero de escritos, impúdico plagiario!

VADIUS.— ¡Largaos, patán!...

FILAMINTA.— ¡Eh! Señores, ¿qué pretendéis hacer?

TRISSOTIN.— Vete, vete a devolver todos los vergonzosos robos que de ti reclaman griegos y latinos.

VADIUS.— Vete, vete a pedir perdón al Parnaso por haber lisiado, con tus versos, a Horacio.

TRISSOTIN.— Acuérdate de tu libro y de su escaso éxito.

VADIUS.— Y acuérdate tú de tu librero, que ha terminado en el hospicio[65].

TRISSOTIN.— Mi gloria está asentada y es inútil que la ataques.

VADIUS.— Sí, sí, te remito al autor de las *Sátiras*[66].

TRISSOTIN.— También a él te remito.

VADIUS.— Tengo la satisfacción de que se ve que me ha tratado de forma más honorable; de pasada me da un leve toque, entre diversos autores a los que se reverencia en el Palais[67]: pero en sus versos nunca te deja en

---

[65] El hospicio para pobres.

[66] Alusión a Boileau, amigo de Molière, y autor de unas mordaces sátiras, de las que en ese momento ya había publicado las nueve primeras. Se dijo que Molière se servía de Boileau, catorce años menor que él, para atacar a sus enemigos; lo cierto es que las primeras sátiras de Boileau arremeten contra enemigos del cómico; corrieron manuscritas hasta 1665, en que apareció una edición clandestina. Boileau pidió privilegio de impresión para editar las "auténticas": de éstas desaparecen o se disimulan los nombres de los autores atacados.

[67] Ménage había sido blanco de las sátiras de Boileau, que lo acusa de pretensiones de galantería en la edición clandestina de su *Sátira II*, (el ataque desapareció en la edición auténtica de 1666). Entre los autores que se reverencia en el Palais, figura una víctima de la IV sátira de Boileau, que se burla sobre todo de Chapelain, importante personaje a quien Luis XIV había encargado designar a los beneficiarios de las

paz, y en todas partes se ve que tú eres el blanco de sus dardos.

Trissotin.— Por eso mismo ocupo en él un rango más honroso. A ti, como a un miserable, te pone entre la muchedumbre. Cree que basta con un golpe para acabar contigo y nunca te hace el honor de repetir tu nombre; mas a mí me ataca aparte, como a noble adversario contra quien le parece menester todo su esfuerzo; y sus golpes contra mí, redoblados en todos los lugares, muestran que nunca se cree victorioso[68].

Vadius.— Mi pluma te enseñará qué hombre puedo ser.

Trissotin.— Y la mía sabrá mostrarte a tu maestro.

Vadius.— Te desafío en verso o en prosa, en griego o en latín.

Trissotin.— Pues bien, en casa de Barbin nos veremos cara a cara[69].


ESCENA IV

Trissotin, Filaminta, Armanda, Belisa, Enriqueta

Trissotin.— No hagáis ninguna crítica de mi arrebato, porque es vuestro juicio, señora, lo que defiendo en el soneto que ha tenido la audacia de atacar.

Filaminta.— Deseo esforzarme por tranquilizaros.

---

pensiones reales; también ejercían puestos importantes Scudéry, el abate Perrin, Quinault...

[68] Boileau y Cotin disputaron de forma encarnizada con sátiras y folletos que respondían a los insultos de la publicación anterior de cada uno de estos autores. Fue en 1668 cuando Boileau empezó a tomar a Cotin por blanco de sus sátiras, de sus epigramas y de una epístola.

[69] El más famoso de los jóvenes editores, que publicó a Molière, Racine, La Fontaine, Boileau, La Rochefoucauld, aunque también a mediocres autorcillos como Pellison. Tenía su tienda "en la segunda escalinata de la Sainte-Chapelle".

Mas hablemos de otro asunto. Acercaos, Enriqueta. Hace tiempo que está preocupado mi ánimo porque en vos no apunta ninguna curiosidad por nada; mas he hallado un medio para hacérosla tener.

ENRIQUETA.— No es necesaria esa preocupación por mí; no son cosa mía las conversaciones doctas; me gusta vivir tranquilamente y en cuanto se dice hay que tomarse demasiado trabajo para tener ingenio. No es ésa una ambición que me preocupe. Me encuentro muy a gusto, madre mía, siendo bruta, y antes prefiero decir sólo palabras vulgares que atormentarme para decir agudezas.

FILAMINTA.— Sí, pero por eso estoy dolida, y no es cuenta mía sufrir semejante vergüenza en mi sangre. La hermosura del rostro es un adorno débil, una flor pasajera, un brillo momentáneo, que sólo está unido a la simple epidermis; pero la del espíritu es inherente y firme. Durante mucho tiempo he buscado una fisura para daros la belleza que los años no pueden segar, de hacer entrar en vos el anhelo por las ciencias, de insinuaros los hermosos conocimientos; y la idea que por fin mis deseos suscriben es uniros a un hombre lleno de talento; y ese hombre es el señor, a quien os conmino a ver como el marido a quien mi elección os destina.

ENRIQUETA.— ¿A mí, madre?

FILAMINTA.— Sí, a vos. Y no os hagáis la tonta.

BELISA.— Ya os entiendo: vuestros ojos requieren mi confesión para comprometer en otra parte un corazón que es mío. De acuerdo. A ese enlace os cedo: es un casamiento que aquí os establece.

TRISSOTIN.— No sé qué deciros en mi arrobo, señora, y ese himeneo con el que veo que se me honra me pone...

ENRIQUETA.— Más despacio, señor, que aún no está hecho: no tengáis tanta prisa.

FILAMINTA.— ¡Qué forma de responder! ¿No sabéis que si...? Basta, ya me entendéis. Ya le entrará la sensatez; vamos, dejémosla.

## ESCENA V

### ENRIQUETA, ARMANDA

ARMANDA.— ¡Cuánta preocupación por vos resplandece en nuestra madre, que su elección no podía dar con un marido más ilustre...

ENRIQUETA.— Si la elección es tan buena, ¿por qué no la tomáis vos?

ARMANDA.— Es a vos, y no a mí, a quien se da su mano.

ENRIQUETA.— Os lo cedo entero, por ser mi hermana mayor.

ARMANDA.— Si el matrimonio me pareciese, como a vos, delicioso, aceptaría con arrobo vuestra oferta.

ENRIQUETA.— Si, como vos, yo sintiese pasión por los pedantes, podría parecerme un partido muy bueno.

ARMANDA.— Sin embargo, aunque en este punto difieran nuestros gustos, debemos obedecer, hermana, a nuestros padres: una madre tiene sobre nosotras un poder total, y es vano que penséis que con vuestra resistencia...

## ESCENA VI

### CRÍSALO, ARISTO, CLITANDRO, ENRIQUETA, ARMANDA

CRÍSALO *[A Enriqueta, presentándole a Clitandro].*— Vamos, hija mía, tenéis que aprobar mi designio: quitaos ese guante, coged la mano de este señor y en adelante consideradlo en vuestra alma como el hombre de quien quiero que seáis esposa.

ARMANDA.— Muy grandes son, hermana mía, vuestras inclinaciones hacia ese lado.

ENRIQUETA.— Hermana, hemos de obedecer a nuestros padres; un padre tiene total poder sobre nuestros deseos.

ARMANDA.— Una madre tiene su parte en nuestra obediencia.

CRÍSALO.— ¿Qué quiere decir eso?

ARMANDA.— Digo que mucho me temo que mi madre y vos no estéis de acuerdo en este punto; y que es otro esposo...

CRÍSALO.— ¡Callaos, respondona! ¡Idos a filosofar hasta que os hartéis con ella, y no os metáis para nada en lo que hago! Comunicadle mi idea, y advertidle bien que no venga a calentarme los oídos. Vamos, pronto.

ARISTO.— Muy bien: lo hacéis de maravilla.

CLITANDRO.— ¡Qué gozo! ¡Qué alegría! ¡Ah, qué dulce es mi destino!

CRÍSALO.— Vamos, coged su mano y caminad delante de nosotros, llevadla a su habitación. ¡Ah, qué dulces caricias! Mirad *[a Aristo],* mi corazón se conmueve ante tantas ternezas, esto rejuvenece por completo mis días de vejez y me recuerda mis amores de juventud.

## ACTO IV

ARMANDA, FILAMINTA

ARMANDA.— Sí, su ánimo no ha dudado un instante y de su obediencia está orgullosa; su corazón apenas ha tardado en entregarse delante de mí, en acatar la orden, y menos parecía secundar las voluntades de un padre que jactarse de afrontar las órdenes de una madre.

FILAMINTA.— Ya la enseñaré yo a cuál de esas dos leyes someten todos sus deseos los derechos de la razón. Y quién debe gobernar, si su madre o su padre, si el espíritu o el cuerpo, si la forma o la materia[70].

ARMANDA.— Cuando menos debían haber tenido la delicadeza de comunicároslo; y ese caballerete procede de forma extraña queriéndose convertir, a pesar vuestro, en vuestro yerno.

FILAMINTA.— Todavía no ha llegado adonde su corazón puede pretender. Me parecía apuesto, y me gustaban vuestros amores; pero en su conducta me ha desagradado siempre. Sabe de sobra que, a Dios gra-

---

[70] Filaminta utiliza esa antítesis trasladando a lenguaje filosófico (*forma* y *materia)* lo que acaba de describir en la lengua común como *espíritu* y *cuerpo.* Madelón emplea términos semejantes en *Las preciosas ridículas* (escena v).

cias, me precio de escribir, y nunca me ha rogado que le lea nada.

ESCENA II

CLITANDRO *[entrando despacio y escuchando sin dejarse ver]*, ARMANDA, FILAMINTA

ARMANDA.— En vuestro lugar, yo no toleraría que pudiera ser nunca el esposo de Enriqueta. Sería gran ofensa si alguien pensase que en este punto hablo como mujer interesada, y que la cobarde jugada que, como se ve, me hace siembra en el fondo de mi corazón algún despecho secreto: contra golpes como esos el alma se fortalece con la sólida ayuda de la filosofía, y gracias a ella puede una estar por encima de todo. Pero trataros así es obligaros a la fuerza: toca a vuestro honor oponerse a sus deseos, y hombre es, en fin, que no debe agradaros. Nunca he sabido, hablando entre nosotras, que tuviera en el fondo de su corazón alguna estima por vos.

FILAMINTA.— ¡Qué necio!

ARMANDA.— Por más eco que logre vuestra gloria, él siempre ha parecido de hielo para alabaros.

FILAMINTA.— ¡Qué bestia!

ARMANDA.— Y veinte veces le he leído, como obras nuevas, versos vuestros que a él no le han parecido hermosos.

FILAMINTA.— ¡Qué impertinente!

ARMANDA.— A menudo hemos disputado por ello; y no podríais imaginar cuántas tonterías...

CLITANDRO.— ¡Eh!, más despacio, por favor; un poco de caridad, señora, o al menos un poco de honradez. ¿Qué mal os he hecho? ¿Y en qué os he ofendido para que contra mí arméis toda vuestra elocuencia, para que pretendáis destruirme y pongáis tanto esfuerzo en hacerme odioso a personas de las que tengo necesidad?

Hablad, decid, ¿de dónde viene esa cólera espantosa? Deseo, señora[71], que vos seáis juez equitativo de este caso.

ARMANDA.— Si yo sintiera la cólera de que se quiere acusarme, hallaría razones suficientes para autorizarla; demasiado digno de ella seríais, que los primeros amores sientan sobre las almas derechos tan sagrados que hay que perder el crédito y renunciar a la vida antes que arder en los fuegos de otro amor; ningún horror es comparable al cambio de anhelos, y todo corazón infiel es un monstruo en moral.

CLITANDRO.— ¿Llamáis, señora, infidelidad a lo que me ha ordenado la crueldad de vuestra alma? No hago otra cosa que obedecer las leyes que me impone; y si os he ofendido, ella sola es la causa. Vuestros encantos poseyeron al principio todo mi corazón y dos años ardió con una pasión constante; no hay solícitos cuidados, deberes, respetos y atenciones de los que no os haya hecho amorosa ofrenda. Todas mis llamas, todos mis cuidados no tienen sobre vos ningún poder; os encuentro contraria a mis deseos más dulces. Y lo que vos rechazáis, lo ofrezco a la elección de otra. Ved, señora, ¿es culpa mía o vuestra? ¿Corre mi corazón hacia el cambio, o sois vos quien hacia él lo empujáis? ¿Soy yo quien os abandona, o vos la que me echáis?

ARMANDA.— ¿Llamáis, señor, ser contraria a vuestros deseos arrancarles lo que tienen de vulgar y querer reducirlos a esa pureza en que consiste la belleza del amor perfecto?[72] ¿No podríais mantener por mí vuestro

---

71 Clitandro señala a Filaminta.

72 En el momento del estreno de *Las mujeres sabias* estaba de actualidad el debate sobre el amor depurado del trato de los sentidos; dejando a un lado la tradición de Margarita de Navarra, Maurice Scève o de Honoré d'Urfe, en la generación de Molière había sido renovado por Mlle. de Scudéry, Charles Sorel *(Discours pour et contre l'amitié tendre hors du mariage)*, el abate De Pure *(La Prétieuse)*, y en escena Corneille ya había proclamado las excelencias del amor platónico.

pensamiento limpio y libre del comercio de los sentidos? Y en sus encantos más dulces, ¿no saboreáis esa unión de los corazones en la que no entran los cuerpos? ¿Sólo podéis amar con un amor grosero? ¿Sólo con todo el avío de las ataduras de la materia? Y para alimentar los ardores que en vos se producen ¿se precisa un matrimonio y todo lo que le sigue? ¡Ah, qué extraño amor! ¡Y cuán lejos están las almas hermosas de arder en esas llamas terrenas! En nada participan los sentidos de todos sus ardores, y ese hermoso fuego sólo los corazones quiere casar; deja allí, como algo indigno, el resto. Es un fuego limpio y puro como el fuego celeste[73]; con él no se lanza otra cosa que honestos suspiros, ni se le inclina hacia los deseos sucios; nada impuro se mezcla a la meta que uno se propone; se ama por amar, y no por otra cosa; únicamente al espíritu van todos los transportes, y nunca se da uno cuenta de que se tiene un cuerpo.

CLITANDRO.— Por mi parte, para desgracia mía, me doy cuenta, señora, de que, aunque os disguste, tengo un cuerpo lo mismo que un alma. Siento que están demasiado unidos como para dejarlo a un lado; no conozco el arte de esos desapegos: el Cielo me ha negado esa filosofía, y mi alma y mi cuerpo caminan de consuno. Nada hay más hermoso, como vos habéis dicho, que estos deseos puros que sólo van al espíritu, esta unión de los corazones y estos tiernos pensamientos tan liberados del comercio de los sentidos. Pero, para mí, esos amores son demasiado destilados; soy algo grosero, como vos me acusáis; amo con todo mi ser, y el amor que me dan, lo confieso, necesita a toda la persona. No hay materia en esto para grandes castigos, y, sin censurar vuestros hermosos sentimientos, veo que en el mundo se sigue mucho mi método, que el matrimonio está

---

[73] El fuego de las estrellas, que no quema pero alumbra. Según G. Couton, podría haber en el empleo de "fuego celeste" resonancias platónicas.

bastante de moda, que pasa por ser un vínculo bastante honesto y dulce para haber deseado verme convertido en vuestro esposo, sin que la libertad de semejante pensamiento haya debido daros motivo para que parezcáis ofendida.

ARMANDA.— Pues bien, señor, bien; puesto que vuestros groseros sentimientos quieren satisfacerse sin escucharme; puesto que, para obligaros a unos ardores fieles[74], se precisan lazos de carne y cadenas corporales, si mi madre lo quiere, forzaré a mi espíritu para que por vos consienta a eso de que se trata.

CLITANDRO.— Ya no es tiempo, señora; otra ha ocupado el lugar; que volviendo atrás de este modo no haría sino ofender el asilo y herir las bondades en que me he salvado de toda vuestra crueldad.

FILAMINTA.— Pero ¿contáis, señor, con mi apoyo cuando os prometéis ese otro casamiento? Y en vuestras quimeras, si os place, ¿sabéis si no tengo dispuesto otro esposo para Enriqueta?

CLITANDRO.— ¡Eh, señora! Os ruego que consideréis vuestra elección; no me expongáis, por favor, a tanta ignominia ni me sometáis al indigno destino de verme convertido en rival del señor Trissotin. El amor por los altos ingenios, que con vos me es contrario, no podía oponerme adversario menos noble. Hay muchos a los que ha sabido acreditar como talentos el mal gusto del siglo; pero el señor Trissotin no ha podido engañar a nadie, y todos hacen justicia a los escritos que salen de su pluma. Excepto aquí, en todos los lugares se le toma por lo que vale; que lo que veinte veces me ha dejado pasmado ha sido veros elevar hasta el cielo bobadas que desaprobaríais si las hubierais hecho vos[75].

---

74 Porque los amores de Clitandro han sido "infieles" por pasar a Enriqueta.
75 Molière remata sus ataques a Cotin por boca de Clitandro, lamentando el indigno destino de ser rival de Trissotin, cuyos "conocimientos" sólo engañan a las tres "sabias".

Filaminta.— Si tenéis de él un juicio tan distinto del nuestro es porque le vemos con ojos diferentes a los vuestros.

ESCENA III

Trissotin, Armanda, Filaminta, Clitandro

Trissotin.— Vengo a anunciaros una gran noticia. Mientras dormíamos, señora, de buena nos hemos librado: cerca de nosotros un mundo[76] ha pasado de largo y ha caído a través de nuestro toberllino[77]; si en su camino hubiera encontrado nuestra tierra, ésta se habría hecho añicos como vidrio.

Filaminta.— Dejemos ese discurso para otro momento: el señor no entendería ni jota de todo eso. Hace profesión de amar la ignorancia y de odiar sobre todo el talento y la ciencia.

Clitandro.— Esa verdad exige ser suavizada. Me explico, señora, yo sólo odio la ciencia y el ingenio que perjudique a las personas. Cosas son ésas en sí bellas y buenas, mas antes prefiero figurar entre los ignorantes que verme sabio como ciertas personas.

Trissotin.— Por mi parte no creo, sean cuales fueren los efectos que se le supongan, que la ciencia sea susceptible de perjudicar a nadie.

Clitandro.— Y yo creo que, tanto en hechos como en palabras, la ciencia puede crear grandes necios.

Trissotin.— Fuerte es la paradoja.

Clitandro.— Sin ser muy hábil, creo que me sería bastante fácil probarlo: si faltasen las razones, estoy seguro de que, en todo caso, no me habrían de faltar los ejemplos famosos.

---

[76] Un astro, según la jerga cartesiana; el cometa de 1664-1665.
[77] Aquí, la órbita terrestre.

TRISSOTIN.— Por más que los citaseis, ninguna conclusión probarían.

CLITANDRO.— No iré muy lejos para encontrar lo que busco.

TRISSOTIN.— Yo no veo esos ejemplos famosos.

CLITANDRO.— Y yo los veo con tanta claridad que saltan a la vista.

TRISSOTIN.— Hasta aquí he creído que era la ignorancia la que hacía grandes necios, y no la ciencia.

CLITANDRO.— Pues habéis creído muy mal, y os garantizo que un sabio necio es más necio que un necio ignorante.

TRISSOTIN.— La opinión común es contraria a vuestras máximas, porque ignorante y necio son términos sinónimos.

CLITANDRO.— Si pretendéis discutir el uso de las palabras, mayor es todavía la alianza entre pedante y necio.

TRISSOTIN.— La necedad, en el uno, se deja ver en toda su pureza.

CLITANDRO.— Y el estudio, en el otro, se añade a la naturaleza.

TRISSOTIN.— El saber guarda en sí su mérito.

CLITANDRO.— El saber en un bobo se vuelve impertinente.

TRISSOTIN.— Es preciso que la ignorancia tenga grandes atractivos para vos, pues que así la defendéis.

CLITANDRO.— Si para mí la ignorancia tiene atractivos muy grandes, es desde que a mis ojos se presentan ciertos sabios.

TRISSOTIN.— Cuando se los conoce, esos sabios pueden valer tanto como ciertas gentes que vemos sobresalir de los demás.

CLITANDRO.— Sí, si uno se refiere a esos ciertos sabios; mas no están de acuerdo con ello ciertas personas.

FILAMINTA.— Me parece, señor...

CLITANDRO.— ¡Eh, señora, por favor! El señor es lo bastante fuerte para no necesitar ayudas. Para mí ya resulta demasiado un agresor tan rudo, y si me defiendo lo hago únicamente retrocediendo[78].

ARMANDA.— Mas la ofensiva acritud de cada réplica con que vos...

CLITANDRO.— Otro padrino[79]: abandono la partida.

FILAMINTA.— En la conversación puede soportarse este tipo de combates, siempre que no se ataque a la persona.

CLITANDRO.— ¡Eh, Dios mío! En todo esto no hay nada que le ofenda: como francés entiende de burlas y ha sentido el picotazo de muchas otras pullas sin que su amor propio nunca haya hecho otra cosa que burlarse de ellas[80].

TRISSOTIN.— En el combate que soporto no me extraña ver emplear al señor la tesis que defiende. Frecuenta mucho la corte, y con eso queda dicho todo. La corte, como se sabe, no es partidaria del ingenio; tiene cierto interés en apoyar la ignorancia, y es como cortesano como él asume su defensa.

CLITANDRO.— Mucho es lo que odiáis a esa pobre corte, y grande es su desgracia al ver que a diario vosotros, los ingenios, declamáis contra ella, que le buscáis pendencia por todas vuestras contrariedades, y que, acusándola de mal gusto, sólo a ella culpáis de vuestros fracasos. Permitidme que os diga, señor Trissotin, con todo el respeto que vuestro apellido me inspira[81], que vos y vuestros colegas haríais muy bien hablando de la corte en tono algo más suave; que, en el fondo, si bien la miráis, no es tan necia como vos os empeñáis que lo sea; que tiene sentido común para entender de

---

[78] Los términos de la frase remiten al lenguaje de la esgrima, lo mismo que la frase siguiente de Clitandro, que es gentilhombre.

[79] *Second:* los testigos de los duelos secundaban a veces a sus amigos combatiendo a su lado.

[80] Molière ironiza contra el abate Cotin, cuyas querellas con Boileau, Ménage, etc., respondían a pequeñas pullas.

[81] "Tres veces necio".

todo[82]; que en ella se puede adquirir cierto buen gusto y en ella el ingenio mundano vale, sin lisonja, por todo el saber oscuro de la pedantería.

TRISSOTIN.— De su buen gusto, señor, ya vemos los efectos.

CLITANDRO.— ¿Dónde veis, señor, que lo tenga tan malo?

TRISSOTIN.— Lo que veo, señor, es que en ciencia Rasius y Baldus[83] honran a Francia, y que todo su mérito, expuesto a plena luz, no atrae los ojos ni los dones de la corte[84].

CLITANDRO.— Comprendo vuestra pena, y que por modestia, señor, no os nombráis a vos mismo en la partida; y para no incluiros yo tampoco en el caso, ¿qué hacen por el Estado vuestros hábiles héroes?[85] ¿Qué servicio le prestan sus escritos para acusar a la corte de una injusticia horrible y quejarse en todas partes de que sobre sus doctos nombres nunca derrama el favor de sus dones? Muy necesarios son a Francia sus saberes, y de los libros que hacen la corte se preocupa. En su pequeño cerebro, a tres pedigüeños les parece que, por estar impresos y encuadernados en piel de

---

[82] En sus *Pensamientos* (nº 13, ed. Brunchswig), Pascal elogiaba a los que tienen "claridades en todo", calificándolos de *gens universels:* "Las gentes universales no son renombradas, ni poetas, ni geómetras, etc: pero son todo esto, y juzgan a todos ésos."

[83] En el siglo anterior, los sabios latinizaban su nombre; la moda se había perdido, aunque Ménage hubiera latinizado el suyo. De ahí la ironía; Rasius y Baldus significan "rapador" y "borrico". Jacques Baldus (1603-1688) fue un hábil poeta latino.

[84] A mediados de 1663, Luis XIV decidió pagar unas "pensiones" a poetas y artistas o investigadores, tanto franceses como extranjeros, cuya lista se encargaba de hacer Chapelain; son fáciles de imaginar los resultados y disputas. A partir de 1672, el número de pensiones descendió y fueron desapareciendo paulatinamente de la lista los nombres en *-us;* el nombre de Trissotin fue borrado de ellas en 1667.

[85] "Lo que me sorprende en estos ingenios es que no se vuelven útiles a su patria, y que entretienen sus mentes en cosas pueriles" (Montesquieu, *Lettres perses,* I, 36).

vaca[86], ya son personas importantes del Estado; que con su pluma trazan el destino de las coronas; que al menor eco de sus escritos deben ver volar hasta sus casas las pensiones; que el universo todo tiene la vista clavada en ellos, que por todas partes se ha derramado la gloria de su nombre y que, en ciencia, son prodigios afamados por saber lo que han dicho los demás antes que ellos, por haber tenido treinta años de ojos y orejas, por haber empleado nueve o diez mil vigilias en embadurnarse bien de griego y de latín, y en cargarse la cabeza con el tenebroso botín de todos los viejos fárragos que andan por los libros: gentes que siempre parecen borrachos de su saber, ricos, por todo mérito, en parloteo importuno, ineptos para todo, vacíos de sentido común y llenos de una ridiculez y de una impertinencia aptas para desprestigiar en todas partes el ingenio y la ciencia.

Filaminta.— Grande es vuestro ardor, y ese arrebato de la naturaleza señala en vos la causa: es el nombre de rival lo que en vuestra alma excita...


ESCENA IV

Julián, Trissotin, Filaminta, Clitandro, Armanda

Julián.— El sabio que hace poco os ha visitado, y de quien tengo el honor de ser criado, señora, os exhorta a que leáis este billete.

Filaminta.— Por importante que sea lo que se quiere que lea, sabed, amigo mío, que es una necedad venir a interrumpir una conversación, y que es menester recurrir a los criados de la casa para presentarse en ella como criado que sabe modales.

Julián.— En mi libro anotaré eso, señora.

Filaminta (lee).— Trissotin se ha jactado, señora, de

---

86 En la época no existían libros en rústica.

*que se casaría con vuestra hija. Os advierto que su filosofía no quiere otra cosa que vuestras riquezas, y que haríais bien no concertando ese matrimonio hasta que no hayáis visto el poema que escribo contra él. En espera de ese retrato, en que pretendo pintároslo con todos sus colores, os envío Horacio, Virgilio, Terencio y Catulo, en cuyos márgenes veréis anotados todos los pasajes que ha plagiado*[87].

FILAMINTA *(prosigue): Pero resulta que, en este himeneo que he me prometido, hay un mérito atacado por muchos enemigos; y este desenfreno me invita hoy a cumplir un acto que confunda la envidia, que le haga sentir que el esfuerzo que hace sólo ha de servir para acelerar lo que pretende romper. Contad todo esto a vuestro amo al instante, y decidle que, para que sepa el gran caso que hago a sus nobles avisos y cómo los creo dignos de ser secundados, esta misma noche casaré al señor con mi hija. Y vos, señor, como amigo de toda la familia podréis asistir a la firma del contrato, que quiero invitaros en mi nombre. Armanda, cuidad de que avisen al notario y que vayan a informar a vuestra hermana del asunto.*

ARMANDA.— No es necesario avisar a mi hermana, que ya se preocupará el señor de correr a llevarle esta noticia y disponer su corazón para que se rebele.

FILAMINTA.— Ya veremos quién tiene más poder sobre ella, y si no sabré yo obligarla a cumplir con su deber.

*(Sale)*

ARMANDA.— Lamento mucho, señor, que no salgan las cosas como las habéis pensado.

CLITANDRO.— Trabajaré con ardor, señora, para no dejaros esa gran pena en el corazón.

---

87 "¡Cómo se reconoce en vuestras poesías latinas a Catulo, Tibulo, Propercio, Ovidio, Virgilio y todos los demás! [...] Si M. de Malherbe, M. de Vence, M. de Racan, M. Corneille y M. Chapelain cogieran de ellas lo que les pertenece, quedaría poquísima cosa." Gilles Boileau *(Aviso a Ménage)*, se molestó en localizar todas las reminiscencias que había en la égloga de Ménage, *Christine*.

ARMANDA.— Me temo que vuestro esfuerzo no ha de tener salida demasiado buena.

CLITANDRO.— Quizá vuestro temor quede decepcionado.

ARMANDA.— Así lo deseo.

CLITANDRO.— De ello estoy persuadido, y de que seré secundado por vuestro apoyo.

ARMANDA.— Sí, os serviré con toda mi fuerza.

CLITANDRO.— Y tal servicio ha de contar con mi gratitud.

ESCENA V

CRÍSALO, ARISTO, ENRIQUETA, CLITANDRO

CLITANDRO.— Sin vuestro apoyo, señor, seré desdichado; vuestra señora esposa ha rechazado mis deseos y su corazón, predispuesto, desea por yerno a Trissotin.

CRÍSALO.— Pero ¿qué capricho se le ha podido meter en la cabeza? ¿Por qué diantres quiere al tal Trissotin?

ARISTO.— Por el honor que tiene de rimar en latín ha conseguido aventajar a su rival.

CLITANDRO.—Y pretende celebrar el matrimonio esta noche.

CRÍSALO.— ¿Esta noche?

CLITANDRO.— Esta noche.

CRÍSALO.— Pues, para llevarle la contraria, quiero casaros esta noche a vosotros dos.

CLITANDRO.— Ha enviado en busca del notario para hacer el contrato.

CRÍSALO.— Y yo le llamaré para que haga el que debe.

CLITANDRO.— Y la señora debe ser informada por su hermana del himeneo al que quieren que disponga su corazón.

CRÍSALO.— Y yo le ordeno con plena potestad que prepare su mano a esta otra alianza. ¡Ah!, yo les haré ver si hay en mi casa, para dictar la ley, otro amo que yo. Ahora volvemos, haced que nos esperen. Vamos, seguid mis pasos, hermano mío, y vos también, yerno.

ENRIQUETA.— ¡Ay!, ojalá conservéis siempre ese talante.

ARISTO.— Haré cualquier cosa por servir a vuestros amores.

CLITANDRO.— Por más poderosa que sea la ayuda que prometan a mi llama, mi más sólida esperanza está en vuestro corazón, señora.

ENRIQUETA.— De mi corazón podéis estar seguro.

CLITANDRO.— Si consigo su apoyo no podré ser más que feliz.

ENRIQUETA.— Ya veis a qué lazos pretenden obligarlo.

CLITANDRO.— Mientras esté de mi parte, no veo que haya nada que temer.

ENRIQUETA.— Lo intentaré todo por nuestros anhelos más dulces y, si todos mis esfuerzos no me destinan a vos, hay un retiro[88] al que nuestra alma se entrega que me impedirá ser de ningún otro.

CLITANDRO.— ¡Ojalá el justo Cielo me libre en este día de recibir de vos esa prueba de amor!

---

[88] El convento.

# ACTO V

## ESCENA PRIMERA

### ENRIQUETA, TRISSOTIN

ENRIQUETA.— He querido, señor, hablaros cara a cara sobre el matrimonio que mi madre prepara; y he creído, por el desconcierto en que veo la casa, que podría haceros atender a razones. Sé que con mi amor me creéis capaz de aportaros en dote un considerable patrimonio; pero el dinero, al que se ve hacer caso a tanta gente, tiene para un verdadero filósofo atractivos indignos; que el desprecio de la hacienda y de las grandezas frívolas no debe brillar únicamente en vuestras palabras.

TRISSOTIN.— No es ese punto lo que me encanta de vos; que vuestros brillantes atractivos, vuestros ojos penetrantes y suaves, vuestra gracia y vuestro aire son los bienes, las riquezas que os han ganado mis anhelos y ternezas: ésos son los únicos tesoros de que estoy enamorado.

ENRIQUETA.— Muy obligada quedo a vuestro generoso amor: hay motivos en esa complaciente pasión para confundirme y lamento, señor, no poder corresponderla. Os estimo tanto como puede estimarse, pero encuentro un obstáculo para poder amaros: como sabéis, un corazón no puede ser de dos, y siento que del mío Clitandro se ha convertido en dueño. Sé que es menor su mérito que el vuestro, que tengo malos ojos para elegir esposo, y que vos deberíais agradarme por cien hermosos talentos; de sobra veo que me equivoco, mas no puedo obrar de otra forma, y todo lo que sobre mí consigue la razón es odiarme por semejante ceguera.

Trissotin.— La entrega de vuestra mano, a la que aspiro, me dará ese corazón del que es dueño Clitandro; y con mil dulces cuidados puedo presumir que lograré hallar el arte de hacerme querer.

Enriqueta.— No, mi alma está unida a sus primeros anhelos y no puede conmoverse, señor, por vuestros cuidados. Me atrevo aquí a explicarme libremente con vos, y no hay nada en mi confesión que deba sorprenderos. Ese ardor amoroso que se excita en los corazones no es, como se sabe, consecuencia del mérito: el capricho participa en él, y cuando alguien nos agrada, a menudo no sabemos decir por qué motivo. Si se amara, señor, por elección y por sabiduría, tendríais todo mi corazón y toda mi ternura, pero vemos que el corazón se gobierna de otro modo. Dejadme, por favor, en mi ceguera, y no os aprovechéis de que por vos quieran violentar mi obediencia. Cuando uno es honesto, no se quiere deber nada al poder que sobre nosotras tienen los padres, repugna ver inmolarse lo que se ama y no se desea obtener un corazón más que de él mismo. No empujéis a mi madre a querer, con su elección, ejercer sobre mi anhelo el rigor de sus derechos; alejad de mí vuestro amor, y destinad a otra los homenajes de un corazón tan valioso como el vuestro.

Trissotin.— ¿Qué medio tiene este corazón de contentaros? Imponedle leyes que pueda cumplir. Puede ser capaz de no amaros, señora, mas para ello deberíais dejar de ser adorable y de mostrar a la vista los celestes encantos...

Enriqueta.— ¡Eh, señor! Dejemos aquí este galimatías. Tenéis tantas Iris, tantas Filis y tantas Amarantas[89],

---

[89] Nombres convencionales que los poetas galantes venían utilizando desde hacía casi dos siglos en toda Europa.

que en todos vuestros versos pintáis tan hechiceras, y por las que juráis tanto ardor amoroso...

Trissotin.— Es mi espíritu el que habla, y no mi corazón. De ellas sólo se me ve enamorado como poeta, pero a la adorable Enriqueta la amo de verdad.

Enriqueta.— ¡Eh!, por favor, señor...

Trissotin.— Si eso es ofenderos, mi ofensa hacia vos no está dispuesta a cesar. Este amor, ignorado hasta aquí por vuestros ojos, os consagra votos de eterna duración; nada puede detener sus amables arrebatos y, aunque vuestras bellezas condenen mis esfuerzos, no puedo rechazar la ayuda de una madre que pretende coronar pasión tan anhelada; y con tal de conseguir una felicidad tan hechicera, con tal de que seáis mía, la manera no importa.

Enriqueta.— Mas ¿sabéis que se arriesga a más de lo que imagina quien pretende violentar un corazón? ¿Que no es muy seguro, para decíroslo francamente, casarse con una mujer a despecho de lo que ella manifiesta, y que, viéndose forzada, puede llegar a resentimientos temibles para el marido?

Trissotin.— No hay nada en esas palabras que me altere, porque el sabio está preparado para cualquier evento. Curado por la razón de las flaquezas del vulgo, está por encima de ese tipo de cosas, y no tiene intención de asumir ni una sombra de enojo de cuanto no está hecho para depender de él.

Enriqueta.— En verdad, señor, que me dejáis fascinada; no pensaba yo que la filosofía fuese tan bella como es, que enseñe así a la gente a sobrellevar con constancia accidentes como ésos. Esa fortaleza de alma, tan singular en vos, merece que le den ocasión ilustre de ejercerla, y es digna de encontrar alquien que asuma con amor los cuidados continuos de mostrarla a la luz; y, como a decir verdad, no me atrevo a creerme capaz de darle todo el esplendor de su gloria, lo dejo para otra, y entre nosotros os juro que renuncio a la dicha de veros convertido en mi esposo.

TRISSOTIN.— Pronto veremos cómo marcha el asunto, que ya han hecho venir al notario.

CRÍSALO, CLITANDRO, MARTINA, ENRIQUETA

CRÍSALO.— ¡Ah, hija mía!, cuánto me alegra veros. Vamos, venid a cumplir vuestro deber y a someter vuestros deseos a las voluntades de un padre. Quiero, sí, quiero enseñar a vivir a vuestra madre, y, para desafiarla mejor, a despecho suyo, aquí está Martina, a quien traigo y vuelvo a meter en casa.

ENRIQUETA.— Vuestras resoluciones son dignas de elogio. Conservad, padre mío, ese humor, que no cambie, mostrad firmeza en querer lo que deseáis y no os dejéis ablandar por vuestra bondad. No desmayéis, y obrad de suerte que impidáis a mi madre triunfar sobre vos.

CRÍSALO.— ¿Cómo? ¿Me tomáis por un pánfilo?

ENRIQUETA.— ¡Líbreme de ello el Cielo!

CRÍSALO.— Por favor, ¿soy acaso un necio?

ENRIQUETA.— No digo eso.

CRÍSALO.— ¿Se me cree incapaz de tener los firmes sentimientos de un hombre que usa la razón?

ENRIQUETA.— No, padre mío.

CRÍSALO.— A la edad en que me veo, ¿no he de tener ánimo para ser amo en mi casa?

ENRIQUETA.— Desde luego.

CRÍSALO.— ¿Y he de tener esa flaqueza de alma y dejarme arrastrar de las narices por mi mujer?

ENRIQUETA.— Claro que no, padre mío.

CRÍSALO.— ¡Cómo! ¿Qué es esto? Os encuentro ridícula cuando me habláis así.

ENRIQUETA.— Si os he disgustado, no ha sido mi intención.

CRÍSALO.— Aquí mi voluntad debe ser obedecida en todo.

[175]

ENRIQUETA.— Muy bien, padre mío.

CRÍSALO.— Nadie, salvo yo, tiene derecho a dar órdenes en esta casa.

ENRIQUETA.— Tenéis toda la razón.

CRÍSALO.— Soy yo quien ostenta el rango de jefe de familia.

ENRIQUETA.— De acuerdo.

CRÍSALO.— Soy yo quien debe disponer de mi hija.

ENRIQUETA.— ¿Cómo? ¡Ah, sí!

CRÍSALO.— El Cielo me da plenos poderes sobre vos.

ENRIQUETA.— ¿Quién os dice lo contrario?

CRÍSALO.— Y, para tomar esposo, os demostraré cumplidamente que es a vuestro padre a quien debéis obedecer, y no a vuestra madre.

ENRIQUETA.— ¡Ay! Con ello favorecéis mi anhelo más dulce. Ojalá seáis obedecido, es cuanto quiero.

CRÍSALO.— Ya veremos si mi mujer, rebelde a mis deseos...

CLITANDRO.— Ahí llega, trayendo consigo al notario.

CRÍSALO.— Apoyadme todos.

MARTINA.— No os preocupéis, que yo me cuidaré de animaros, si llega el caso.

ESCENA III

FILAMINTA, BELISA, ARMANDA, TRISSOTIN,
EL NOTARIO, CRÍSALO, CLITANDRO,
ENRIQUETA, MARTINA

FILAMINTA.— ¿No podríais cambiar vuestro salvaje estilo y hacernos un contrato que esté en términos hermosos?

EL NOTARIO.— Nuestro estilo es muy bueno, y yo sería un necio, señora, si pretendiera cambiar una sola palabra.

BELISA.— ¡Ah, qué barbarie en plena Francia! Pero al menos, señor, en pro de la ciencia tened a bien expresarnos la dote, en vez de en escudos, libras y francos, en minas y talentos, y datar con las palabras de idus y ca- lendas.

EL NOTARIO.— ¿Yo? Si accediera, señora, a vuestras de- mandas, sería el hazmerreír de todos mis colegas.

FILAMINTA.— Es inútil quejarnos de tanta barbarie. Va- mos, señor, sentaos a la mesa para escribir. ¡Ah, *[viendo a Martina]* ah, todavía se atreve a presentarse esta im- púdica! Decidme, por favor, ¿por qué la habéis traído de nuevo a mi casa?

CRÍSALO.— Enseguida, con gusto, se os dirá por qué. Ahora tenemos que terminar otra cosa[90].

EL NOTARIO.— Procedamos al contrato. ¿Dónde está la futura?

FILAMINTA.— La que se casa es la menor.

EL NOTARIO.— Bien.

CRÍSALO.— Sí, ésta es, señor, Enriqueta es su nombre.

EL NOTARIO.— Muy bien. ¿Y el futuro?

FILAMINTA.— El esposo que yo le doy es este caba- llero.

CRÍSALO.— Y el que yo en persona pretendo que se case con ella, es este caballero.

EL NOTARIO.— ¡Dos esposos! Es demasiado para la cos- tumbre[91].

FILAMINTA.— ¿Por qué os detenéis? Poned, señor, po- ned el nombre de Trissotin por yerno mío.

CRÍSALO.— Por yerno mío, poned, poned, señor, a Cli- tandro.

EL NOTARIO.— Poneos pues de acuerdo, y con juicio sensato tratad ambos de convenir sobre el futuro.

FILAMINTA.— Seguid, señor, seguid la elección que he decidido.

CRÍSALO.— Haced, señor, haced las cosas a mi antojo.

---

[90] Las ediciones anteriores a 1718 adjudicaban esta réplica a Mar- tina.

[91] La costumbre hacía las leyes particulares (derecho consuetudi- nario) de algunas provincias francesas.

EL NOTARIO.— Decidme a cuál de los dos debo obedecer.

FILAMINTA.— ¿A cuál? ¿Os oponéis a lo que quiero?

CRÍSALO.— No permitiré que busquen a mi hija sólo por amor al dinero que ven en mi familia.

FILAMINTA.— ¡Cómo que aquí se está pensando en vuestro dinero! ¡Vaya preocupación, muy digna de un sabio!

CRÍSALO.— En fin, por esposo suyo he elegido a Clitandro.

FILAMINTA.— Y yo, por esposo, quiero que tome a éste: mi elección se acatará, es punto decidido.

CRÍSALO.— ¡Vaya! Me resulta demasiado absoluto vuestro tono.

MARTINA.— No corresponde dar órdenes a la mujer, y yo os conmino a ceder a los hombres la primacía en todo.

CRÍSALO.— Bien dicho está.

MARTINA.— Aunque me despidan cien veces, la gallina no debe cantar antes que el gallo.

CRÍSALO.— Desde luego.

MARTINA.— Y vemos que se burlan de un hombre cuando en su casa es la mujer quien lleva los pantalones.

CRÍSALO.— Gran verdad.

MARTINA.— Os aseguro que, si yo tuviera marido, me gustaría que fuese el amo del hogar; no le querría si fuera un bragazas[92]; y si, por capricho, discutiera con él o le hablara demasiado alto, me parecería bien que con unas bofetadas me bajase los humos.

CRÍSALO.— Eso es hablar como Dios manda.

MARTINA.— El señor se muestra razonable queriendo para su hija un marido conveniente.

---

[92] *"S'il faisait le Jocrisse":* Jocrisse era un personaje necio y estúpido de las farsas tradicionales. Su nombre pasó a convertirse en término "injurioso y popular que se dice en esta frase proverbial: Es un *jocrisse* que saca las gallinas a hacer pis, para burlarse de un hombre que se entretiene en las pequeñas tareas del hogar, que es débil y avaro" (Furetière).

CRÍSALO.— Sí.

MARTINA.— ¿Por qué motivo rechazar a Clitandro, joven y apuesto como es? ¿Y por qué, por favor, endilgarle un sabio, que se pasa el día criticando? Necesita un marido, no un pedagogo, y como no quiere saber latín ni griego, para nada necesita al señor Trissotin.

CRÍSALO.— Muy bien.

FILAMINTA.— ¡Que haya que aguantar que cotorree a su antojo!

MARTINA.— Los sabios sólo sirven para predicar en la cátedra; y mil veces he dicho que no quisiera nunca tomar por marido a un hombre de ingenio. En un hogar el ingenio no sirve para nada, los libros casan mal con el matrimonio, y si alguna vez me desposan, quiero un marido que no tenga más libro que yo, que no sepa siquiera el abecé, aunque desagrade a la señora, y que, en una palabra, sólo sea doctor para su mujer.

FILAMINTA.— ¿Ha terminado? ¿Y he tenido aguante para oír tranquila a vuestra digna intérprete?

CRÍSALO.— Ha dicho la verdad.

FILAMINTA.— Pues para cortar de raíz toda esta disputa, digo que es absolutamente necesario que se cumplan mis deseos. Enriqueta y el señor se unirán ahora mismo. Lo he dicho, lo quiero: no me repliquéis. Y si habéis dado vuestra palabra a Clitandro, ofrecedle la salida de casarse con la mayor.

CRÍSALO.— Es una forma de arreglar el asunto. Veamos, ¿dais vuestro consentimiento?

ENRIQUETA.— ¡Eh, padre mío!

CLITANDRO.— ¡Eh, señor!

BELISA.— Bien podrían hacérsele proposiciones que tal vez le agradasen más. Pero exigimos una especie de amor que debe ser puro como el astro del día: en ella puede ser admitida la sustancia pensante, pero de ella desterramos la sustancia extensa[93].

---

93 Según la jerga cartesiana, la dualidad "sustancia que piensa" y

## ESCENA ÚLTIMA

ARISTO, CRÍSALO, FILAMINTA, BELISA, ENRIQUETA, ARMANDA,
TRISSOTIN, EL NOTARIO, CLITANDRO, MARTINA

ARISTO.— Lamento perturbar un misterio gozoso[94]
con el dolor que debo traer a estos lugares. Estas dos
cartas me hacen portador de dos noticias cuyos crueles
perjuicios he sentido por vosotros: la una *[a Filaminta]*,
para vos, me llega de vuestro procurador[95]; la otra *[a
Crísalo]*, para vos, me viene de Lyon[96].

FILAMINTA.— ¿Qué desgracia podrían escribirnos digna de perturbar este momento?

ARISTO.— Esta carta contiene una que podéis leer.

FILAMINTA.— *"Señora, he rogado a vuestro señor hermano que os entregue esta carta, que os dirá lo que no
me he atrevido yo a deciros. La gran negligencia que
tenéis por vuestros asuntos ha sido causa de que el pa-
sante de vuestro relator[97] no me haya avisado, y habéis
perdido completamente el pleito que debíais ganar."*

CRÍSALO.— ¡Habéis perdido vuestro pleito!

FILAMINTA.— ¡Mucho os alteráis! Mi corazón no se ha
estremecido nada con ese golpe. Mostrad, sí, mostrad

_____

"sustancia extensa" es la misma que las ya citadas a lo largo de la obra:
"espíritu/cuerpo, forma/materia." "Belisa quiere decir que admite el
amor que une las almas (la sustancia que piensa) pero no el amor que
uniría los cuerpos (la sustancia extensa)." (G. Couton, Molière, *Œuvres
complètes,* pág. 1483, Gallimard, Bibl. de la Pléiade, 1983.)

[94] La ceremonia de la firma del contrato, aunque con resonancias
religiosas en la expresión empleada por Aristo.

[95] "Oficial creado para presentarse ante la justicia e instruir los procesos de las partes" (Furetière). Su papel lo cumple en la actualidad el
abogado.

[96] En la época, esa ciudad es una importante plaza financiera y
bancaria.

[97] *Rapporteur:* "Juez o consejero encargado de informar en un proceso. El alma del proceso es el relator" (Furetière).

un alma menos común, capaz de arrostrar, como yo, los dardos de la fortuna. *"El poco cuidado que tenéis os cuesta cuarenta mil escudos, y esa suma debe pagarse junto con las costas a que habéis sido condenada por sentencia del Tribunal."* ¡Condenada! ¡Ay, qué chocante es esa palabra, sólo está hecha para los criminales!

ARISTO.— En efecto, ha hecho mal, y con toda justicia protestáis contra ella. Debía haber escrito que, por sentencia del Tribunal, se os ruega que paguéis cuanto antes cuarenta mil escudos, y las costas pertinentes.

FILAMINTA.— Veamos la otra.

CRÍSALO *(lee)*.— *"Señor, la amistad que me une a vuestro señor hermano me hace interesarme por cuanto os afecta. Sé que habéis puesto vuestra fortuna en manos de Argante y de Damón, y os aviso que ambos en el mismo día han hecho bancarrota."* ¡Oh, Cielo! ¡Perder así toda junta mi fortuna!

FILAMINTA.— ¡Ay, qué vergonzoso arrebato! ¡Bah, todo eso importa poco! Para el verdadero sabio no hay ningún revés funesto, porque, aunque pierda todo, a sí mismo se tiene. Acabemos nuestro asunto, y olvidad vuestra inquietud: su *[señalando a Trissotin]* fortuna puede bastar para nosotros y para él.

TRISSOTIN.— No, señora, dejad de urgir este asunto. Veo a todo el mundo contrario a este himeneo, y no es mi designio obligar a la gente.

FILAMINTA.— ¡En qué poco tiempo os ha llegado esa reflexión! ¡Qué de cerca sigue, señor, a nuestra desgracia!

TRISSOTIN.— Me he cansado a la postre de tantas resistencias. Prefiero renunciar a todas estas trabas, y no quiero además un corazón que no se entrega.

FILAMINTA.— Ahora veo, sí, veo en vos, y no para gloria vuestra, lo que hasta aquí me he negado a creer.

TRISSOTIN.— Podéis ver en mí cuanto queráis, que poco me importa la forma en que os lo toméis. No soy hombre capaz de sufrir la infamia de tantos rechazos ofensivos como aquí he tenido que aguantar. Mi valía merece que de mí se haga más caso, y beso las manos a quien no me quiere.

FILAMINTA.— ¡Cómo ha dejado al desnudo su alma mercenaria! ¡Y qué poco filósofo es lo que acaba de hacer!

CLITANDRO.— Yo no me jacto de serlo, mas, en fin, señora, quiero unirme a vuestro destino, sea el que fuere. Y me atrevo a ofreceros, junto con mi persona, los bienes que, como se sabe, me ha dado el destino.

FILAMINTA.— Me encantáis, señor, por ese rasgo generoso, y quiero coronar vuestros anhelos de amor. Sí, otorgo Enriqueta a la solícita llama...

ENRIQUETA.— No, madre mía: ahora cambio de idea. Permitid que me resista a vuestra voluntad.

CLITANDRO.— ¿Cómo? ¿Os oponéis a mi felicidad? Cuando veo que todos se rinden a mi amor...

ENRIQUETA.— Conozco la escasa fortuna que tenéis, Clitandro, y siempre os he deseado por esposo cuando, al tiempo que satisfacía mis más dulces deseos, veía que mi himeneo ayudaba vuestros negocios; pero, cuando tenemos destinos tan contrarios, os amo lo bastante en este extremo para no cargaros con nuestra adversidad.

CLITANDRO.— Con vos, cualquier destino puede serme grato; sin vos, cualquier destino me sería insoportable.

ENRIQUETA.— En su transporte, siempre habla así el amor. Pero evitemos la preocupación de arrepentimientos importunos: nada desgasta tanto el ardor de este vínculo que nos une como las molestas necesidades de las cosas de la vida; y con frecuencia ocurre que los dos se acusan de todos los negros sinsabores que siguen a tales apasionamientos.

ARISTO.— ¿Es sólo el motivo que acabamos de oír el que os hace resistiros al himeneo con Clitandro?

ENRIQUETA.— Si no fuera por eso, veríais correr hacia él todo mi corazón, que sólo rechazo su mano por amarle demasiado.

ARISTO.— Dejaos pues atar por tan hermosas cadenas. No os he traído sino noticias falsas, que ha sido una estratagema, un sorprendente socorro que he querido intentar para servir a vuestros amores, desengañar a mi hermana, y darle a conocer lo que podía ser su filósofo una vez puesto a prueba.

CRÍSALO.— ¡Alabado sea el Cielo!

FILAMINTA.— Siento alegre mi corazón por la pesadumbre que ha de sentir ese cobarde desertor. Buen castigo es para su vil avaricia ver con qué esplendor se celebra este himeneo.

CRÍSALO.— Yo estaba seguro de que os casaríais con ella.

ARMANDA.— ¿Así, pues, me sacrificáis a sus deseos?

FILAMINTA.— No seréis vos lo que yo les sacrifique, que tenéis el apoyo de la filosofía para ver con mirada contenta cómo coronan su amor.

BELISA.— Al menos, él deberá cuidarse, porque soy yo la que está en su corazón; a menudo la gente se casa en un arrebato de desesperación aunque después se arrepienta todos los días de su vida.

CRÍSALO.— Vamos, señor, seguid la orden prescrita por mí, y redactad el contrato tal como he dicho.

# ÍNDICE

# Colección Letras Universales